後宮の木蘭

皇后暗殺

朝田小夏

角川文庫
22557

目次

序

風が闇をまとう皇宮の夜――。

黄金の衣を着た高貴な女性が、酔った足取りで禁苑の石橋を渡っていた。

豊満な肢体をした四十すぎの女性である。

白い顔はふっくらとし、弓形に揃えた眉は、黒曜石の瞳をよりいっそうひきたたせる。闇の中でも凜とした美人であるのは間違いない。

彼女が女官一人を連れて手燭の明かりだけをたよりに目指すのは、池の向こうにある園亭で、生い茂る樹をねぐらとする鴉の声が、不気味に庭園に響く。

「こんなところに本当に皇帝陛下の使いの者が来るのですか」

「お二人だけで話したいとのことです。人に見られたくない事情があるのでしょう」

皇帝からの使いが来たと女官から聞いて、宴の酔い醒ましもかねてその席を立ったが、普段の慎重な彼女ならこんなところにまで護衛を連れずに来ることはない。

しかし、皇帝の命であるならば断ることはできないだけでなく、誤解が生じている昨今、接触する機会は失うべきではなかった。

彼女は、女官に言われるままにおぼつかない足で歩き、ふと止まる。

「誰か先ほどからついて来ていませんか」

「いいえ。そんなことはありません」

女官はそう言うが、誰かが枯れた苜蓿(うまごやし)を踏む音をたしかに彼女は聞いたように思う。

——おかしい。

真っ青な顔で後ろを振り向いた彼女は、足が震えるのを感じた。

なにかが木の向こうにいて、黒い影を作っている。

会うのを求めた人物かとも思ったが、気配を消して、慎重そうに一歩一歩と近づいて来るのは不自然で、殺した息づかいが殺意となってこちらに向けられれば、身の危険を感じる。

彼女は、恐怖で背筋がすくんで、とっさにどうすることもできない。が、元来気丈な性格だ。気を取り直すと、固まった足をゆっくりと前に出し歩き出した。五感が警笛を鳴らす。

——捕まってはならないわ。

足音はなおも追って来る。振り返っても暗い影が見えるだけ。

禁苑の奥の木々はざわめき、四方どこを見ても闇だった。その内、足は速まり駆け足となったが、方向を失って、どうすることもできない。ただ前に進むしかなかった。手を引いてくれていた女官といつのまにかはぐれてしまっている。

──明かりのあるところに行かなければ。

気はあせり、黒い人影はどんどんと距離を縮める。皇帝が庭で増やした葡萄の伸びた蔓が次々と行く手を阻むのを腕で払いのけて走った。頰を枝が切って、血が宙に散っても足を止めることはない。

紺色の絹の靴が脱げ、素足になってもなおも進む。

裾の長い衣を着ているため思うように動けないのがもどかしかった。

「あっ！」

悲鳴とともに、木の根につまずいて転んでしまった彼女をあざけるかのように気配が近づいて来る。

恐怖で体が動かない。

息が大きな音を立て、絶望が脳裏をよぎる。

彼女は震えながら振り返った。

長身の男だ。

全身から殺意が溢れている。

闇から手だけが伸びて、彼女の衿を摑み、這いずって逃げようとするのを止める。

それでも、彼女は懸命に魔の手を振りほどき、立ち上がった。折しも月が薄雲から顔をのぞかせ、男の顔を斜めに照らした。

「そなたは——」

彼女は息を止め、目を見開いた。

「何が望みなのですか」

「望みはただ一つ。あなたのお命」

苦々しそうに眉を顰めた男の手が彼女の腕を引っ張ると、後ろから頭を摑む。

「お恨み召されるなよ、皇后陛下」

雷が彼女の叫び声をかき消した。

第一章　皇后暗殺

1

寒空に暮雲が一片漂う長安の冬。

夕刻の東市は、露天が賑わっていた。馬肉の羹、揚げた魚、じっくりとうま煮にした鶏肉。香ばしい匂いを漂わす胡餅の店には行列が出来ている。その向かいの道の一等地には酒屋があり、異国の挏馬酒が入荷したのだと、客引きが行き交う人の袖を引く。

武家の名門、黎家の令嬢、黎木蘭は、市の広場で歓声を上げる人だかりを見つけると人の垣根をかき分けた。披露されているのは賭け角抵。目の前で、あっという間に大男が挑戦者を投げ、勝負がついた。

「次は剣士を求む！　うちの剛の者を倒せる度胸のある奴はいないか！」

木蘭は腕がうずくのを感じて考えるより先に手を上げた。

「はい！　わたしにやらせて！」

誰でも自信と度胸さえあれば挑戦できるのが、路上の賭け武術だ。若い木蘭に元締めはいささか渋い顔をしたが、木刀を彼女に渡した。木蘭は久しぶりの手合わせに高揚するのを感じる。

「いいぞ！　美人のお嬢ちゃん！」

はやし立てる声がして、木蘭は笑顔でそれに応え、対戦者を見た。

相手は剣士などと言うが、人相の悪そうなごろつきだ。頬に斜めに傷があり、女相手とあってか木剣を肩に担いでニタニタとしている。木蘭はその見下した態度に腹が立った。

「行くわよ！」

木蘭は男が構える前に、軽やかに斬り込んだ。隙だらけだ。剣を習ったことはなく、喧嘩で培った技なのだろう。

「とりゃ！」

土を蹴って飛び上がり対戦者の脳天に剣を振り落とす。

だが、ぎりぎりで相手は受け止め、今度は容赦なく木蘭に攻撃を仕掛けてくる。

木蘭は唇を噛んだ。遊んでいる暇はない。

さっさと勝って賭けの金をもらいたい。

木蘭は、今度は男の脛を蹴り、怯んだ隙に手首を叩き、剣を転がして、首にぴたりと剣先をあてた。相手の喉元がごくりと動く。

「勝負あり！」

木蘭に賭けていた観客が歓声を上げ、痛快だとばかりに喜んだ。

木蘭はにこりとし、元締めの男に手のひらを差しだした。紐に通された銅銭はずっしりと重い。

「また来てくださいね、お嬢さん。あなたみたいな腕利きが出ると場が盛り上がりますんでね」

「ありがとう」

木蘭は、掻いた汗を袖で拭い、腰にぶら下げていた皮の水筒から水を飲むと、肩を叩いてねぎらう観客たちに微笑み返してから急いで市を後にする。知り合いにばったり会うと厄介だ。

早道で帰れば、陽が落ちる前に邸に戻れるだろう。木蘭は路地に入った。

今日、木蘭は許婚である劉覇の誕生日の贈り物を探しに街に出た。彼の誕生日は三日前のことで、黎家から正式な贈り物はすでに届けてあるが、喪中のため木蘭は宴に参列することができなかった。

黎家は父と兄が鬼籍に入ったため、叔父で中郎将の黎薫が継いでいる。叔父はその強い責任感から、木蘭に対して厳しく、なかなか外出を許してくれない。

だから木蘭は、せめて劉覇に自分が選んだものを贈ろうと監視の目をかいくぐり、昼に家の塀を跳び越えて街へ繰り出したのだった。家に帰れば叱られるだろうが、そうなったらそうなったで仕方ない。覚悟の上だ。

「確か、こっちだったはず」

まっすぐ行けば大通りに出ると思っていた。が、なかなか目当ての通りに行き当たらない。

振り向けば、赤い夕空に市楼と呼ばれる数階建ての市を監視する楼閣が見える。方向は間違っていないはずだ。

家の方に向き直れば、美しい櫛を売る店があった。木蘭は足を止めて、黒漆の櫛を一つ手に取った。黒の漆に朱色の流雲が描かれており、手なじみがよく、櫛通りもいい。

ちょうど今使っているものが古くなって漆がはげてきたので、新しいのが欲しいと思っていたところだった。

「お嬢さんいかがかね」

「お幾ら？」

「特別に安くしておくよ」

しかし、言い値は思ったより張る。渋ると相手が値をわずかに下げた。

「どうしよう」

賭けに勝ったので懐は温かいが、値切りも買い物の醍醐味である。長く粘った木蘭だったが、店主もしぶとく、思うように値切れず、木蘭は店主に櫛を返す。

気づけばちょうど日が沈んだところだった。時を告げる鐘鼓が鳴り、夜の始まりを告げていた。

慌てて人混みを分けて歩きだした木蘭だったが、市楼はもう見えず、道がよく分からなくなってしまった。誰かに聞こうとキョロキョロしていると、突然、黒い斗篷を着た男に後ろから腕を摑まれ、路地裏に引き込まれた。

「離して！」

腕一本摑まれているだけなのに、全く抵抗ができない。

木蘭は、男の腕を強く嚙んだ。その皮膚は、氷を嚙んだ時のように冷たく硬かった。しかも、強かに嚙んだはずなのに衝撃を与えることさえできない。

――まさか……。

木蘭は懐の銀の短剣に手をかけた。恐怖で背筋が凍り、身の危険を感じる。指先が震えながら柄に触れた。

その時――。

「殺されたくなかったら、その娘を放せ！」

低い声がした。若い男の声だ。

若者は、躊躇することなくさっと剣を抜いた。真剣の切っ先は夜の鈍い光を集めて皓く輝き、勢いよく男に向けられる。

斗篷の男はとっさに木蘭の腕を放して飛び退った。剣がそれでも黒衣の袖を切断する。もう一太刀、若い男は振るったが、それも避けられてしまう。

じりじりと互いに距離を縮め、辺りはしんと静まり返った。

しばしの沈黙の後、無駄な争いは避けたいのか、斗篷の男は、そのまま路地の奥に消えた。緊張が消え、残ったのは木蘭と若者だけだった。人の気配もない。木蘭は恐る恐る恩人の方を向く。

すると相手は敵意のない白い歯を見せた。

「木蘭、大丈夫か」

彼は彼女の名前を知っていた。

木蘭は驚き、顔を上げた。

目をこらして見れば、肩辺りまでの髪の若い男で、年は木蘭と同じぐらいか。日に焼けた顔は頼もしく、高い鼻に彫りの深い容貌で、瞳は愛嬌があり、唇はうっすらと口角を上げている。

向けられるのは懐かしそうな視線だ。髷は結っておらず、絹の筒袖の衣に毛織物の上着は左衽、下衣は動きやすい絹の褲を穿いている。長安でよく見かける漢族の大きな袖とゆったりとした作りの衣ではない。

「元気だったか」

「あの？　すみません、どなたですか」

「僕だよ、颯だよ。忘れてしまったのか」

「颯?!」

木蘭は驚いた。

木蘭の父、黎史成は、かつて世話役と言う名目で捕虜だった隣国、匈奴の右賢王の監視役を務めていた。右賢王といえば、匈奴王、単于の息子で後継者に次ぐ、国の三番目の大物王族。長安では比較的自由に暮らすことを許され、十年以上の滞在の間に漢の女人との間に男子をもうけ、名を颯といった。捕虜交換をきっかけに匈奴に帰国したが、木蘭にとっては幼なじみだ。

「背が高くなったのね！　前はわたしよりずっと低かったのに」

背は見上げるほど高い。颯が少し誇らしげに笑った。

「いつの話だよ。僕だってもう十八だ」

木蘭が、十二歳で別れてからかれこれ六年も経つとはとても信じられない。穏やかな声音で颯は言うと、闇にもう一度鋭い視線を向けてから、木蘭に微笑みかけた。

「懐かしいな」

「ええ。本当に」

木蘭も懐かしさで胸が一杯になる。匈奴とは国境を隔てているだけでなく、長城があり、二度と会うことはないと思っていた。でも、今、再会し、歓(よろこ)びで頬が輝く。

木蘭が、弓を引いたり、馬に乗ったりするようになったのは、父が武官であったのもあるが、騎射を重んじる遊牧の民である彼の影響が大きく、匈奴の王族との出会いが、木蘭の人生を変えたと言っても過言ではなかった。

「木蘭、気をつけた方がいい。日が暮れてからこんな人気のない道を歩くなんてどうかしている」

「わたしは武術を嗜(たしな)むから大丈夫よ。知っているでしょう?」

木蘭は怖かったことなどおくびにも出さずに平気を装う。さもなければ、もっと心配をかけてしまう。震えた手を背に隠して微笑み返した。颯はそれをお見通しのようだった。

「過信は良くないよ、木蘭」

「分かっているわ。それよりあの男、何者かしら、もしかしたら――」

「人さらいじゃないかな。長安じゃ、昔も今も人さらいが多いだろ。働き盛りの男だって攫(さら)われて使役のために辺境に送られるんだぞ。若い女人など、気をつけないとどこに売り飛ばされるか分かりやしない」

木蘭はしょぼんとうな垂れる。反省していないわけではなかった。

「ごめんなさい」

「僕に謝る必要なんてないさ。それより、早く行こう。遅くなれば家族が心配する」

颯はそう言うと、どんどん歩き出す。彼は一時、木蘭の家に住んでいたことがあるので、どこに家があるのか知っていた。送ってくれる気なのだろう。しかも昔から、木蘭より方向感覚に優れており、草原の遊牧の民であるので、北辰の位置で今の場所がどこか分かるのだ。木蘭は脚の長い男の後ろを小走りに追いかけた。

「いつ長安に来たの？」

「一昨日だよ。長安は変わらないね。人が多くて、どこに行っても埃が舞っている」

「人が多いのはいつものことで、埃が舞っているのは、最近、雨が少ないから。ここはましな方。渭水から吹く風は湿っているもの。もっと南に行くと、手巾で顔を覆わないと歩けないわ」

渭水は長安の北を流れる河で、黄河の支流である。

颯は頷き、珍しい異族の格好をじろじろ見る長安の人々に苦笑した。

「異族は長安にもたくさんいるのに、みんな僕を見るな」

「異族の着ているものと言えば、毛織物よ。凝った模様の毛織物がとても目を引くわ。

それに颯は狼みたいにかっこいい」

「知っているか、匈奴ではそれは最高の褒め言葉だって」

「そうなの？　じゃ、長安でいうところの『眉目秀麗』ね。それにしても、どうして長安に？　なにか悪いことをして匈奴を追放されたの？」

　彼は屈託なく笑った。

「木蘭は変わらないな」

「え？　なにが？」

「六年も会っていなかったのに、昨日も会ったかのような口ぶりだ」

「あなたも同じよ。それより、なにをしたの？」

　相手はむすっとする。

「心配しなくても、僕はなんにも悪いことをしてないよ。父さんの命令で来たんだ。僕は漢の言葉ができるからね。で、君こそ何をしたんだ？　その髪はどうした？」

　颯は木蘭の短い肩ほどの髪にそっと手を当てた。

どきりとした木蘭は、すぐに身を退けて曖昧に答える。

「ちょっと、いろいろあってね」

　この夏、木蘭は行方不明の姉を捜しに皇宮に潜入した。ところが、皇宮には僵屍という血を吸う魔物がはびこっており、混乱の最中だった。僵屍に血を吸われると、人間は殭屍に変身して、血を求める魔物になり、本能のまま人を殺す。餌として多くの人間が命を落とし、皇帝さえ操られていた。

捜していた木蘭の姉も血を吸われ、殭屍に変身させられていた。木蘭は、そんな姉ともみ合った末、腰まであった髪をばっさり短く切られてしまったのだった。

それを颯にここで説明するのは木蘭にはまだできなかった。姉の名前を口にしたとたん涙が出てしまう。颯も察して肩をすくめた。

「まぁ、短いのも木蘭には似合うよ」

二人は微笑み合った。細かいことを気にしない颯は良き友であり弟のような存在だ。子供の頃、二人で菓子を片手に歩き回り、たわいもない話をして笑ったのは、楽しい思い出で、今また並んで歩けるのは、家族が戻ったような歓びだった。

木蘭は襲われそうになったことなど忘れて、足が軽やかになった。

ようやく大通りにたどり着いた時、群青色の空にコウモリが羽ばたいている向こうに白い月が見えた。

「颯、助けてくれてありがとう。今日は、隙をみてこっそり邸を抜け出してきたの。あなたまで叱られるといけないから、ここでいいわ。ねえ、宿はどこ？　文を送るわ。お礼にお昼でも食べましょうよ」

「知り合いのところにやっかいになっているんだ。近いうちに僕の方から会いに行くよ」

「ええ、ぜひそうして。うちの母も颯に会いたいはずよ」

父の史成は監視役ではあったが、家族ぐるみの付き合いを右賢王親子としていた。木蘭の母も颯のことを可愛がっていたので、会えばきっと喜ぶはずだ。父と兄、そして姉が亡くなったことは今度会った時に話せばいい。

「あなたの家族の近況も教えてね」

「あ、ああ……」

「じゃ、またね」

木蘭は邸の門に走って行った。

2

門前に行くと、男が四人いた。

一人は黎家の家宰、もう一人はそれに叱責(しっせき)されている使用人。階段の上には、叔父(おじ)の黎薫が、若い客に頭を深々と下げている。

「木蘭は、まだ見つからないのですか」

そう言った客はここからでは背しか見えない。身にまとった絹の濃紺の深衣(しんい)は、すらりとした長躯を一層あでやかに引き立たせる。後ろ姿にも上品な出で立ちだ。冠は高位を表す。木蘭は息を止めた。まさしく「眉目秀麗」の人だ。木蘭の気持ちがぱっと明るくなった。

「劉覇さま！」

木蘭が呼びかけると、佩玉を揺らして彼は振り向いた。皇帝の末子にして梁王である劉覇は、木蘭の生まれながらの許婚である。

「木蘭！」

劉覇は相変わらずの白い貌に微笑みを浮かべ、木蘭の方へ駆けてきた。そして抱きすくめると、頭を自分の胸に押しつけてぎゅっとした。男らしい胸と腕に包まれ木蘭は焚きしめられた伽羅の香りに酔いしれる。

「劉覇さま」

「どこにいたのだ。攫われたのかと心配したではないか」

どうやら黎家を訪れて彼女の姿が忽然と消えたと聞き、邸の者を捜しに出させただけでなく、この人は都の官兵を投入して捜索させたらしい。

劉覇の肩越しに叔父が恐ろしい形相でこちらを睨んでいたが、劉覇は怒っている様子はない。劉覇はただただ、木蘭を心配していたのだ。

「ごめんなさい。どうしても出かけたくて」

「木蘭……いいんだ、君さえ無事なら。俺はてっきり政敵にでも拐(かどわ)かされたのかと思って慌てただけだから」

彼は少し疲れた顔を微笑ませて、木蘭を見た。夕闇に瞳(ひとみ)が、艶(つや)っぽく木蘭を見下ろす。頰を男の太い指が優しく撫(な)で、左手と右手の指と指とが絡まれば、彼の吐く息が耳元をかすめた。視線が首筋を欲しそうにするが、禁欲の理性がぐっと彼を引き止めたように木蘭には見えた。

木蘭は、体重を預けた。彼は年上で、大人の雰囲気を持ち、どこか神秘的な影がある。木蘭はそんな劉覇に子供の頃から憧(あこが)れ、そして想い続けた。理想の人が目の前にいるのが、未(いま)だに信じられない。

しかし、そんな二人にごほん、ごほんと叔父が近づいて来た。世間では男盛りの三十代。美男とは評判だけれど、木蘭にはさっぱりそんな風には見えない馬面で、黎家の新しい家長は木蘭の腕を強く引っ張ると、無理やり彼女を劉覇から引き剝(は)がして、自分の横に立たせた。

「なんとお詫(わ)びを申し上げたらいいか、梁王殿下」

黎薫は一見、申し訳なさそうだが、邸の門前で結婚していない男女が抱き合っているのは体面に関わると顔にしっかり書いてある。

当然、劉覇は渋い顔を返す。

「気にすることはない。木蘭は近所を散歩していただけなのに、俺が騒ぎ立てただけだからな」

劉覇の手が木蘭の腕を自分の方へ引き戻した。庇ってくれたのはありがたいが、どうやら、すでにこの二人は仲が良くないらしい。武官のくせに神経質で世間体を大切にする黎薫の言い分とすれば、「木蘭の脱走など日常なのに、大きな騒ぎにしてくれやがって」。許婚の劉覇からすれば、「将来の太子妃に決まっている木蘭をとてもこいつには、任せられない」。見えない火花が両者の間に散る。

「寒かっただろう？　とにかく家の中に入ろう」

木蘭はこくこくと頷いて、チラリと叔父を見た。かなり腹を立てているらしく、視線が鋭い。これは劉覇が帰ったら、大目玉を食らうはずだ。

「木蘭！」

門を潜ると心臓の悪い母が左胸を庇いながら、邸の中から出てきた。そして木蘭に近づき、手のひらを包み込むように握る。温かい手のぬくもりに家族のありがたさを痛感し、心配をかけたことを申し訳なく木蘭は思った。

「心配したのですよ、木蘭。どこに行っていたのですか？」

「東市です、お母さま」

「東市？　黙って出かけないで、ちゃんと断ればよかったのに」

「ごめんなさい」

木蘭は素直に謝った。最近白髪が多くなった母を案じさせたのは、やはり良くないことだった。しかも、皆が心配している通り、本当に危ない目にも遭いかけた。もちろん、そのことは黙っているつもりで、彼女はおくびにもださなかった。

「無事でよかったわ。梁王さまにはもう謝ったのですか？」

劉覇が木蘭の代わりに答えた。

「はい」

「ならば、よかったです。木蘭、客間にご案内をしてさしあげて」

「はい、お母さま」

木蘭は前庭を通り過ぎ、母屋に劉覇を案内する。待っていた侍女、伊良亜（いらあ）が二人を迎えた。伊良亜は、かつて西域の楼蘭（ロウラン）から連れて来られた後宮の官婢（かんぴ）だったが、木蘭と親しくなり、皇后の許しを得て黎家で侍女となっている。いつか帰国する日まで長安にいる予定で、木蘭の親友でもある。

「どうぞ中へお入りくださいませ、殿下」

階段へしとやかに誘う（いざな）伊良亜の後ろを、劉覇が上り始めた。

木蘭は一段飛ばしで追いかけ、彼と手をつなげたらいいのになどと思ってしまう。手を伸ばし、一番上の段に足を掛けた時、枯れ葉を踏んだ。わずかに昨夜の雨を含んで濡れていたそれに、重心を掛けると、つるりと滑った。

「あっ！」

悲鳴とともに、劉覇が後ろを振り返り、はっと瞳を見開く。かと思うと、忽然と彼の姿は消え、木蘭が落下する階段の下に移動し、後ろから楽々と抱き留めた。その瞬時の動きは武術に優れた木蘭にも目に映らなかった。

「劉覇さま……」

「無事か？」

「は、はい」

彼女はそっと地に戻されたが、自分が階段から落ちそうであったことよりも、劉覇が人ではあり得ない素早い動きを見せたことに驚いていた。劉覇が超人の力を人前で発揮させるのはとても珍しく、木蘭もこんな風に日常で見たことはなかった。

「すまない、驚かせてしまったか？」

「いいえ。ありがとうございます。おかげで助かりました」

木蘭は、声を上ずらせ気味に礼を言った。

劉覇は数年前、殭屍に嚙まれたことがある。本来なら殭屍に嚙まれると人間の血をすすって生きる同じく殭屍に変身するしかないが、彼は方士の術で完全な魔物になるのを食い止め、人でも殭屍でもない「半殭屍」として強靭な肉体を持つ存在となった。

だから、瞬発力があり、筋力も人並み外れていて、やろうと思えば、先ほどのように一瞬で移動することもできるし、剣術の腕前を生かして殭屍の首を切断した上で灰に帰することもできた。

そんな殭屍をこの夏、退治したのが劉覇で、殭屍に操られていた皇帝を救い、増殖する殭屍から国の根幹を守ったのだった。

ただ力を使うと目が赤くなり、見た人は彼の能力を殭屍のものと誤解して恐れおののくので、半殭屍であることは秘密にしている。今も、瞳が赤く怪しく光るのが見てとれる。その目は抗いがたいほど魅惑的だ。

「どうぞ、こちらの部屋でございます」

伊良亜が声を掛けた。劉覇が咳払いをし、木蘭は見つめていた瞳をさまよわせてから俯く。

部屋に入れば、後宮に長く仕えた伊良亜はそつがなく、火鉢がすでに用意され暖かかった。

青銅の雁の形をした燭台に灯が点っており、劉覇からの贈り物である西域の毛織物の敷物が、部屋の熱を逃がさないのに一役を買っていた。紫色の絹の帷が部屋を仕切っている、黎家で一番上等な部屋だ。鼎から香が煙る。

「どうぞ」

伊良亜が、耳のある漆の杯を劉覇、木蘭、それぞれの机に置く。そこへ温めた醴をなみなみと注ぐ。伊良亜が毒味すると、劉覇が袖に杯を隠して干した。

「ご心配をかけて申し訳ありません、劉覇さま」

木蘭は彼が杯を置いたのを見てから、もう一度、謝った。行方捜しをするのに政務を放り出していたはずだ。こんな大事になると分かっていたら、侍女と護衛をつけて馬車で行けばよかった。しかし、劉覇は優しい。彼は誠実で柔和な笑みを漏らして、木蘭を見つめた。

「そんなに謝ることはないよ、木蘭。それより、東市でなにをしていたのだ？」

木蘭はおずおずと袖の中から絹の巾着を出した。伊良亜が受け取り、劉覇に差し出す。木蘭は、劉覇がどういう反応を示すだろうかと思うと、指輪を机の下で弄んで不安を紛らわせた。

「これは？」

「劉覇さまへのお誕生日の贈り物です」

「開けても？」

「もちろん、どうぞ。でも、全然大したものではないんです」

中から鵲の形をした佩玉が出てきた。その大きさは、木蘭の遠慮がちな性格を示していたが、翡翠の深い碧色は、彼女の深い気持ちを表し、めでたい鵲の形は劉覇の幸を祈ったものだ。

「気に入ったよ、木蘭。大切にする。ありがとう」

その言葉が聞きたかったのだ。木蘭は嬉しさで真っ赤になって頷いた。

「はい」

劉覇はその場で木蘭からの佩玉を帯に結びつけた。市で買ったものなので、彼女が大枚を叩いたと言っても、諸侯王の劉覇の財力から考えれば石ころのようなものだろうが、彼は大切そうに玉を撫でる。

——気に入ってもらえてよかった。

一安心した木蘭は、白濁した醴を飲みながら考えた。

劉覇はなぜ、黎家にやって来たのだろうか。彼は時折、木蘭に会いに来るが、ちゃんと約束を取り付けてから礼儀正しく訪れる。今日のように突然やって来るということは今までなかった。知っていれば外出などしなかったのに。

「劉覇さま、今日はどうされたのですか」

木蘭が尋ねると、彼は上品で整った顔立ちに緊張を走らせた。なにか言いづらい頼みごとがあるようだ。伊良亜が醴をもう一杯注ぎ、彼は居住まいを正した。

「今日、尋ねたのは、皇后陛下からの頼みごとを伝えに来たのだ」

皇后陛下の頼みごととなれば、それは頼みごとではない。命令だ。木蘭の顔も険しくなって背筋を伸ばす。劉覇は何度か咳払いをして、醴をもう一口飲んでから口を開いた。

「実は、木蘭に未央宮に来て欲しいのだ」

「皇宮に？　ですか」

「ああ。皇帝陛下の世話をしてくれないだろうか」

木蘭はあまりのことで瞠目した。劉覇は、木蘭が断るため口を開こうとしたのより早く言葉を繋ぐ。

「分かっている。君がなんと言いたいかは。しかし、聞いて欲しい。皇帝陛下は、先日もまた怪しい方士に、仙丹と称した丹砂を飲まされてお加減が悪い。第二の公孫槐が出ないとも限らない。木蘭の力が必要だ」

公孫槐とは殭屍の祖で、西方から来た魔物のことだ。銀髪に彫りの深い顔をし、牙を持つ美男。方士と偽り、皇宮に入り込んで皇帝の信頼を得ると、不老不死の術だと信じ込ませ、宮女、女官、宦官だけでなく、官吏や王族まで無残に殺した。皇帝はその男に操られ、宮女の血を飲み、宦官の血で風呂を立て残虐を極めた。それがたった半年前のことである。

「陛下はお加減が悪いのに、君も知っているように多くのお付きの者たちを殺したから、誰も親身になって世話をしようとしないのだ。だから一向によくなられる気配がない」

それは当然だ。

恨みや恐怖こそあれ、皇帝の世話を親身になってしようなどという人間は、皇宮はおろか国中を捜してもいないだろう。なにしろ、皇帝は気分次第で人を殺してしまうし、そうできる権力を持っている。劉覇が夏に殭屍と公孫槐を駆逐しなければ、今頃この国はどうなっていたかわからない。

「木蘭は、その、未来の梁王后であるから……義父に仕えるべきだというのが、皇后陛下のご意向なのだ」

他に皇帝の世話をしてくれそうな人がいないからだろう。まだ嫁にもなっていないのに、早くも皇后は家族の義務を押しつけてきている。

木蘭は皇宮が好きではなかったし、皇帝が怖くもあった。できれば関わりたくない。ただ、自分の中に劉覇の力になりたいという気持ちがあって、それをどうしても無視することができなかった。それに、断れる話ではない。

「分かりました。皇宮に上がって、陛下にお仕えします」

「ありがとう、木蘭。そう言ってもらえると助かる」

劉覇は心底ほっとした顔をした。

その顔を見ると、木蘭は劉覇のためにできることがあるなら、なんでもしてあげたくなった。叔父が反対しても皇宮に行こうと心に決める。

「醴を温め直してまいります」

気の利く伊良亜が、部屋から理由をつけて出て行ってくれた。劉覇が立ち上がり、向かい合わせで座っていたのを横に並ぶ。男の香の匂いがほんのりとし、木蘭の胸が高鳴って、彼女はもじもじと身じろぎをした。

「もちろん、陛下の日常の世話をする人はいる。木蘭には、陛下の話し相手になって欲しいのだ」

木蘭は頷いた。劉覇は、そんな木蘭に悲しげな視線を向ける。

「陛下の周りには利益や権力を得ようとする方士だの、奇術師だの、仙女だのと偽る者どもばかりが集まる。奴らは、臣下たちの口添えを得て、皇帝に近づいて来る。本当のところ、皇帝陛下のことを思ってくれる人は少なく、孤独な陛下は、巧みな言葉を信じてしまうのだ」

木蘭はそこまで聞くと覚悟を決めた。

「それで、いつお伺いすればよろしいのですか」

「できれば――」

劉覇が語尾を濁した。木蘭は聞き返す。

「できれば？」

許婚(いいなずけ)は重いため息を吐いた。

「今からだ……」

「え、ええ？」

木蘭は驚き、大きな声をつい上げてしまった。今などと言われても支度もできていない。突然すぎる。

「実は今朝、皇后が皇帝付きの女官の多くに暇をやった。木蘭は手ぶらで来て大丈夫だ。すべてこちらで用意する。着るものは高級女官のものとなるのが申し訳ないが……。伊良亜を連れて行きたかったら、もちろん連れて来ていい」

木蘭は呆(あき)れてしまった。文句の一つも言ってやろうかと思うのだけれど、「悪い」とぼそりと言って打ちひしがれる劉覇が気の毒になって言えなかった。おそらく、皇后に彼も異議を唱えてくれたのだろうが、それは厳しい国母によって退けられたのだろう。

「切羽詰まっているのですね」

「ああ、陛下は方士をまた呼んで、亡くなった側室の魂を召喚するなどと言って、大金を渡していた」

「まあ」

「方士は昨日追放した。女官が手引きしたらしい。あってはならないことだった」

　これは責任重大そうだ。

　木蘭は心の中で吐息を漏らす。

「心配しないでください、劉覇さま。心を込めて陛下にお仕えします。きっと陛下はお寂しいだけなんですわ」

　木蘭は許婚の期待に沿いたくてそう答えた。劉覇は安堵を顔に浮かべ、木蘭の手を遠慮がちに握った。

「すまない、木蘭。でも君が皇宮にいれば、会える機会も増えると思うのだ」

「そうなれば、嬉しいです」

「俺も邸には帰らず、しばらくは皇宮に宿直するつもりだ。なにかあったらすぐに俺のところに相談に来てくれ」

「ありがとうございます」

　それは木蘭も嬉しいことだ。皇太子になるのが内定している彼は、とても忙しくてなかなか会うことができない。今日とて二十日ぶりだ。皇宮にいれば会える回数が増えるだろう。

「では、行こうか」

「着替えて来ます」

「いや、そのままでいい。どうせ用意してある衣に後宮に入る前に着替えることになる。実は午後から君を捜していて、皇后陛下を待たせてしまった。拝謁は明日の朝になるだろうが、お付きの女官が君が到着したかどうかを報告するはずだ。あまり遅くない方がいい」

木蘭は眉を情けなく垂れた。そんな大事になっていたとは思わなかった。

「必要なものは、明日、誰かに持ってこさせよう」

「分かりました。そうします」

「ありがとう、木蘭、すまない」

部屋から出ると、黒雲が月を覆い、渭水の冷たさを含んだ北風が首筋を通り過ぎる。夜はまだ始まったばかりだというのに、静まり返った寒夜の空気はピンと張り詰めていた。心の準備もままならないまま、皇宮の高い塀の向こうへと向かうのは心細い。皇帝は、まともな判断能力があるのだろうか……。天子から死を賜れば、劉覇とて覆すことはできない。

――嫌な感じの夜だわ。

木蘭の直感がなにかを告げていた。

3

翌日――。

「よく来てくれましたね、木蘭」

後宮にある皇后の居所、椒房殿に足を踏み入れた木蘭と青い目の伊良亜を待っていたのは、黄金の長椅子に座っている晏皇后だった。

卵形の輪郭に人目を引くはっきりとした目鼻立ちが配置されている顔は、華やかな印象だ。赤く彩られた唇、高く結った豊かな髪。揺れる金の釵は彼女によく似合っていた。

柔らかな頰に微笑みをたたえる美女は、慈愛に満ちた笑顔をしながらも、厳格な皇后の目をしている。

部屋には金銀の鳥文を象眼した銅壺、人が片足をついて明かりを掲げている奇妙な燭台、化粧道具を入れる青銅の鼎などが飾られており、皇帝の西域趣味とは違うなじみのある漢風の部屋のしつらえは木蘭に安心をもたらした。そしてそれは、漢帝国の皇后の威厳を更に引き立てているように見えた。

ただ、皇帝に代わり、政務を掌っているせいか、最近は気苦労も多いのだろう。皇后は以前よりいくぶん痩せたように見える。木蘭は大きな袖を翻して手を胸の前に合わせて礼をした。宦官が言った。

「元光禄勲、黎史成の娘、黎木蘭でございます」

皇后は木蘭が跪(ひざまず)くのを見て、満足そうに頷く。

「木蘭。女官勤めがよかったようですね。礼儀作法も言うところがありませんよ」

「ありがとうございます。陛下」

木蘭は頭を床につけながら、慎重になった。

木蘭が後宮に密(ひそ)かに潜入した時は殭屍(キョンシー)に父と兄が殺され、姉の行方が分からなかったという非常事態で、木蘭は冷静さを欠いていたが、今回はそうではない。

皇后の頬に笑みは絶えないが、瞳(ひとみ)は厳しいものを向けているのを感じた木蘭は「お立ちなさい」と皇后に言われると、不安と緊張で胸がいっぱいになった。手のひらに汗を掻(か)く。

「劉覇から聞いたと思いますが、皇帝陛下のお加減が悪く食事もあまり召し上がりません」

「お話は伺っております。精一杯、真心を込めて陛下にお仕えいたします」

「木蘭、良い心がけです。あなたを呼んでやはり正解でした」

木蘭は、そこで唾(つば)を飲み込んだ。言わねばならないことがある。遠慮していてはならない。遠慮して皇帝に殺されてしまったら、大好きな劉覇と結婚することさえできなくなる。木蘭は、勇気を出して窺(うかが)うように切り出した。

「あの、それで……皇帝陛下のお加減はいかがですか……。まだ下々の者にその……

戯れをお命じになるようなことはあるのでしょうか。そうですとわたしは……」

皇后は吐息を溢す。

木蘭のその憂慮は十分に理解できるという意味だろう。

「陛下が今も臣下を理由なく殺していないか案じているのですね」

「はい……」

「今はそんなことはありません。どちらかといえば無気力で、瞳にも魂が宿っていない状態です」

皇后は優雅に微笑むとつけ加える。

「私からも、木蘭は陛下の勝手でどうこうできる娘ではありませんと申し上げてあります。劉覇の許婚で、わたくしの管轄であるとはっきりとさせてありますし、話し相手が欲しいと言い出したのは陛下の方ですから、心配は無用です、木蘭」

皇后はまだ皇帝の病気を理由に玉璽を持っているのだろう。この国の君主の生活をすでに手中に収めているようだった。警備も宮女も宦官もすべて自分の息がかかった者を派遣している。それでもあの手この手で奸臣たちは怪しい人間を推挙して病の皇帝を陰で動かそうとしているらしい。

引きつった笑顔を作って木蘭は皇后に答えた。

「安心いたしました。それでは、皇帝陛下のご病気が良くなりますように全力をつくします」

木蘭は拝命した。なんとかなりそうだが、責任は重大だと思うと、緊張は解けない。

「伊良亜も木蘭によく仕えるように」

木蘭の少し後ろに控えていた伊良亜に皇后はそう命じた。

「かしこまりました。陛下」

伊良亜はそれ以上言葉を発することが無礼であるのを知っているので、黙って頭を下げている。木蘭は高級女官などまったく柄にもない役目を押しつけられて、逃げ出したかった。上手くやれる自信はない。おっちょこちょいな木蘭のことだ。皿を割って短気な皇帝に殺されなければいいがと心配になる。

「こちらにお着替えください」

皇后の女官に高級女官の紫色の衣を伊良亜ともども手渡され、木蘭たちはそれに着替えると、椒房殿を後にする。はじめて後宮に来た時は下級宮女に扮していたから、誰に対しても頭を下げたが、この紫の衣は皇帝に仕える高級女官のみが許されている。官吏までもが木蘭に頭を深々と垂れた。

かといって木蘭も伊良亜も浮かれた気分にはなれなかった。

皇帝は夏の居所の清涼殿から、神仙殿なる木蘭の行ったこともない宮殿に移って療養生活を送っていると聞くが、そこはどんな場所なのだろうか。気がかりは多い。

「緊張します。大丈夫でしょうか……」

いつもは弱音を吐かない伊良亜が、小声で木蘭にささやいた。

「わたしも不安だわ、伊良亜」

未央宮の前殿を北へ向かい、皇帝の神仙趣味がうかがえる建物の前まで行くと、木蘭は一度、足を止めた。圧倒されて言葉もでない。

なにしろ、宮殿の前には木蘭の背丈より大きい、石の亀やら、麒麟やら、羽の生えた馬やらがあるだけでなく、本物の白い虎が、鎖に繋がれてそこを行ったり来たりしている。獰猛そうな牙が、木蘭を傷つけようとしているように見えた。

そして極めつけは、羽人という羽があり大きな耳が垂れる奇妙な仙人が跪いている黒い像が、行く手を阻んで神仙殿の前にそびえ立っていることだ。悪趣味で底気味悪い。

「木蘭」

そこへ劉覇が後ろから小走りに現れた。木蘭は少しほっとして彼に駆け寄る。

「遅くなってすまない。俺が、陛下に紹介しよう」

「ありがとうございます。どう挨拶したらいいのか分からなかったんです」

「いつも通りでいいんだよ、木蘭は」

基壇の階段を上っていくと、重臣たちが拝謁を求めて外で待っていた。しかし、老年の男が無表情な顔をして戸の前に立ちはだかっており、重臣らは中には入れないようだ。劉覇がその白髪の男の前に行くと、にこやかな顔を見せた。

「江中常侍」

「梁王殿下」

劉覇は丁寧に拱手した男を木蘭に紹介した。

「木蘭、これは陛下に仕える中常侍の江殿だ。江殿、俺の許嫁の黎木蘭だ。そしてその侍女の伊良亜。二人とも皇宮にいたことがあるから基本的なことは分かっているが、いろいろ教えてやって欲しい」

髭のない老人は丁寧に頭を垂れた。木蘭は中常侍が官位はそれほどではないが、皇帝の身の回りの一切を掌る職務で、大変な権力を握っていることを知っていた。木蘭と伊良亜は、相手以上に深く頭を下げる。

「お世話になります、黎木蘭です」

「黎光禄勲のご令嬢にそのように頭を下げて頂くなど滅相もない。お噂通り、婚約者さまは美しい方ですね、殿下」

彼に世辞を言われ、劉覇はまんざらでもなかったようだが、木蘭は阿諛を聞き流した。あからさまな世辞を言う人間は好きになれない。

「みんななにを待っているのかしら」

それより気になるのは、朝見を待つ重臣たちが不満そうな顔ばかりだということだ。どうやら、ここで皆、竹簡の書類を抱えて朝から突っ立っているのは、江中常侍が、本来皇帝に取り次ぐ役職である謁者の業務を妨害しているからのようだった。

「皇后陛下から黎家のご令嬢のことは、よく伺っております。私室の用意も調えてあります。足りないものがありましたら、どうか気軽にお申し出ください」

江中常侍は皇后派であることを匂わせ、丁寧な対応を木蘭にみせた。

「感謝します、江中常侍さま」

「木蘭さま、お寒いでしょう。立ち話もなんです。陛下も朝早くからお待ちですから、ささ、どうぞ中へ」

謁者は、取り次ぎという己の本来の職務を江中常侍に奪われ腹を立て、木蘭たちの背を睨んだが、江中常侍はまったく気にしている様子はない。三人はそのまま敷居を跨ぐ。

「真っ暗だわ……」

室内に一歩入ると木蘭の緊張がさらに強まった。中が昼間とは思えぬほど薄暗く、羽人の小さな像が入り口に飾られていたからだ。

鼻につく丹桂の香りが、崑崙山を模した透かし模様のある青銅の香炉から、ゆらゆらと煙を立てて幽玄に漂っていた。目が暗がりに慣れると、西域の絨毯には神仙世界が描かれ、四方の柱には金の龍が巻き付いているのが見えた。

高価な無数の紫玻璃の玉が天井の梁から吊されている。宮女が持っている盆の上には紫の玉で作られた碗が載り、痰壺さえ黄金だった。

宝物殿のような部屋の中で、異国風の血のように赤い衣と黒衣を頭から襲ねて被った老人が、行ったり来たりしていた。

皇帝だとすぐに木蘭はわかった。

夏に清涼殿で殭屍を退治した劉覇らとともに皇帝に拝謁を賜っている。その頃も玉体は細かったが、今はそれ以上に痩せ、骨と皮ばかりである。

――なんてお労しいの……。

木蘭は年老いた皇帝の衰えた姿に深く心が痛んだ。

劉覇が飾られた花の横に跪いた。

「父上」

相手はぶつぶつと独り言を呟いている。

「父上、梁王、劉覇でございます。お加減はいかがですか」

今度はもう少し大きな声で劉覇が言った。ゆっくりと老人の顔がこちらを向く。青白い顔に仙人のような白く長い髭。生気のない目が、劉覇の後ろにいる木蘭を捉えた。

劉覇が拱手する。

「話し相手をご所望とのこと。我が許婚の黎木蘭を連れて参りました」

「黎？」

皇帝は少し考えるように宙に目をさまよわせた。

「話していた黎良人の親族か」

「妹でございます」

「さようか」

劉覇の後ろに跪く木蘭に皇帝は近づき顔を覗き込む。その目は白く濁り、なにも映していないかのようだった。右から、左から顔を確認し、そしてぼそりと言う。

「たしかに黎良人の妹のようだ」

姉の秋菊は皇帝の側室であり、皇帝の信用を得ていた。陛下が賦を詠むときは墨を磨り、あるいはそれを吟じて助けたと姉からの文には書いてあった。皇帝は劉覇に向かって手を払って退出を促す。

「下がれ」

劉覇はわずかに不安そうな目で木蘭を見たが、再び拱手すると「失礼いたします」という言葉だけを残して衣擦れの音とともに部屋を出て行った。

木蘭と伊良亜は、皇帝のところに置き去りにされてしまった。ところが、相手は木蘭たちのことを忘れたようにまたブツブツと何かを言い始める。

おそらく、入り口近くで控えていた伊良亜もだが、それに狂気じみたものを感じた木蘭は、恐ろしくてたまらなくなった。

宮女も宦官も誰もなにも言わず、石像のように部屋の隅に突っ立って呼吸さえ押し殺していた。表情は一様になく、どの顔も嵐が過ぎ去るのを耐えているようだ。

それでも木蘭は、恐怖心に打ち勝とうと皇帝の言葉に耳を傾ける。

「秋、秋、風、白雲。秋、秋。風」

同じ言葉を何度も繰り返している。

木蘭は意味が分からなかった。秋はとっくに過ぎているし、風は締め切ったこの宮殿に入り込むこともない。

「あ……」

しかし、木蘭は思い当たった。これは「秋風辞」という皇帝が若い頃作った詩の冒頭ではないだろうか。木蘭の父が書斎の壁に飾っていたから覚えている。彼女は伊良亜の心配そうな視線をよそに立ち上がり、できる限り澄んだ声で言った。

「秋風起こりて白雲飛び、草木黄落して雁南に帰る。蘭に秀あり、菊に芳あり、佳人懐いて、忘るる能わず」

皇帝は振り向くと木蘭を指さした。

「そうだ『蘭に秀あり、菊に芳あり』だ」

どうやらそこの部分を言いたくてずっと思いだそうとしていたらしい。木蘭と姉の秋菊。二人はともに優れていると言いたかったのかもしれない。あるいは亡き姉、秋菊は皇帝の側室であったから、忘れられないと木蘭に言いたいのかもしれない。

「ずっと思い出せなかった」

木蘭は、皇帝への恐怖に堪えると、笑顔で老人に近づいて手を差し伸べた。自分の亡き祖父にするかのように。

「陛下。お疲れでしょう。少し座りませんか」

「うむ」

皇帝は子供のように素直に長椅子に身を横たえ、胎児のように膝（ひざ）を抱える。袖口（そでぐち）からのぞく手足はぞっとするほど細く、青い血管が浮き出ている。はりのない皺（しわ）だらけの手は小刻みに震えていた。

——こんな風になるまでなぜ放置していたのかしら……。

皇帝の姿に木蘭は力になってあげたいと思った。

木蘭は宮女に言って、なにか温かいものを持ってくるように頼んだ。老人の体は冷え切っている。羹（あつもの）にしろ醴（あまざけ）にしろ、胃に入れればきっと体の中が温かくなるだろう。

「火鉢をこちらに」

木蘭は青銅の火鉢を動かしてもらう。

　そして、まず部屋に漂う陰気な空気をどうしたものかと考えた。

　燭台（しょくだい）を持ってこさせて明るくしようとしてみるも、重苦しい曇天のような気配が包む部屋を変えるほどではなかった。銅貼りの柱も、黄金や珠玉で飾られた梁（はり）も皇帝の気持ちを晴らすことなく、緑琉璃（るり）をはめ込んだ窓の光を眩（まぶ）しそうにする。

「陛下、窓を開けてもいいですか」

「ならぬ」

　皇帝は強い語気で即答した。木蘭は身を縮めたが、勇気を振り絞る。

「ほんの少しだけ空気を入れ換えましょう」

「ならぬと言ったのが聞こえなかったのか！　窓を開ければ悪鬼が入り込むではないか」

「殭屍は退治されました」

　皇帝は笑った。

「そう思っているのは、愚かなそなたと皇后たちだけだ。殭屍は永劫（えいごう）の命を持っている。あやつらはそう簡単には死に絶えはしない。それに悪鬼は殭屍だけではない。そこかしこに害をなす魔物が巣くっているのだ」

　皇帝は殭屍の復活や魔物から身を守るため、この神仙殿の四方を奇妙な聖獣などに守らせて、結界をつくって備えているらしかった。

「殭屍がいるとしても今は昼間です。兵士も外にたくさんいましたから、ほんの少し窓を開けるくらい大丈夫ではありませんか」

「……そなたは秋菊より強引だな」

木蘭は微笑んだ。

「たしかに姉よりわたしの方が子供の頃からしつこいです、陛下」

「では開けよ。そしてすぐに閉めるのだ」

「かしこまりました」

部屋の隅に控えていた江中常侍は、木蘭が窓を開けるように皇帝を説得したことに驚いたようだったが、木蘭は構うことなく伊良亜と手分けして窓を開けた。日が差し、暗闇に慣れた皇帝は目を袖で覆う。が、しばらくすると、それをどけて自ら外を見た。

「兵士がいるな」

「はい。たくさん警護しております」

木蘭は皇帝の側に戻り、宮女が運んできた羹を受け取ると、匙でそれをすくって皇帝の口にいれた。あまり食事をしていなかったのだろう、飲み込みが悪く一口目を零してしまうが、二口目からは上手く咀嚼した。木蘭は微笑んだ。

「よかったです。陛下がお食事をされて」

「朕が食べていないとどうして分かった？」

「お痩せになりましたから」

木蘭はもうひと掬い、匙を皇帝の前に持って行くが、肘掛けに身を預ける老人は首を振った。

「もうよい」

「もう一口だけ」

皇帝は苦笑し、渋い顔で飲んだ。

「そなたも大変よの。皇后になんと言われてここに連れて来られた？」

「未来の舅に仕えよと申しつけられました」

「未来の舅か」

木蘭は手巾を伊良亜から受け取り、皇帝の髭についた雫を拭う。

「朕は孝行者の嫁に巡り合ったようだ」

皇帝は再び椅子に横たわると、瞼を重そうにする。

「秋菊には可哀想なことをした」

「陛下……」

「朕によく尽くしてくれていたのに、あんな最期になるとは……」

木蘭は心が痛んだ。姉の話をされると亡くなったのが昨日のことのように思い出されて辛かった。しかし、これだけは言えた。

「姉は自らの意志を貫いて亡くなりました。後悔はないと思います」

西方からやって来た殭屍の祖、公孫槐は、美しいものを好み、自分の一族に加える。姉の秋菊も彼によって殭屍に変えられ、自らの意志で木蘭に討たれた。姉の魂は迷うことなく冥府へと向かったはずだ。皇帝に罪悪感が少しでもあるのなら、彼女も浮かばれるだろう。

「そうか。後悔はないか……」

皇帝は呟くようにそう言った。そしてしばらく二人の間に沈黙ができ、木蘭は居心地の悪さに差し障りのない話題を見つけようとした。が、その前に皇帝の方が先に口を開いた。

「それで？　そなたはいつ劉覇と結婚するのだ？」

木蘭は目を見開いた。

4

劉覇との結婚はこの半年、なにも進展していなかった。周囲は皇族との結婚など手はずに時間がかかるのだから、心配するなと言っていたが、そろそろ木蘭自身にも皇帝と同じ「いつ結婚できるの」という疑問が湧いていた。

「さあ、存じません」

木蘭が答えると、皇帝は、酒を江中常侍に所望した。すぐに宮女が、西域よりもたらされた葡萄酒を玉の盆に載せて現れ、皇帝はその血のような液体に口をつける。酒は体に悪いのではないかと案じた木蘭だったが、皇帝は胃腸も悪くしているのか、半分も飲まぬうちに杯を置く。

「縁というものは不思議なものじゃ、きっと吉日が卜占に出ないのであろう」

そうかもしれないと木蘭は思う。皇帝があくびをした。

「陛下、そろそろお休みになったらいかがですか」

「うむ。楽人を呼べ。眠りに落ちるに琵琶の音色が必要だ」

「かしこまりました」

木蘭は窓をそっと閉めた。


それからというもの、木蘭は皇帝の世話で忙しくなった。毎朝、早くに起き、黛で眉を描いて餅粉を顔に叩き、紅を塗ると、パンパンと頬を叩いて気合いを入れてから御前に出る。

「皇帝陛下、お目覚めください」

「静かにせよ」

「陛下……」

皇帝を起こすのだが、大抵、昼間まで寝台から出ず、起きても虚ろに椅子に座っているだけだ。木蘭は食事を勧めたり、詩を読んだりしてなんとか気持ちを明るくしようと努力したが、他の女官や宦官たちから助けが得られずなにもかも上手くいかなかった。彼らは禍が自分に降りかからないように極力皇帝には近づかないようにしているのだった。

「陛下にお薬をさしあげてください」

格下の女官にそう命じても、

「わたくしの仕事ではございません」

ときっぱりと断られてしまう時さえあった。そういうとき、木蘭は内心腹を立てるが、ぐっと我慢した。諍いを起こしに来たのではない。推挙してくれた皇后の顔もある。木蘭は、顔を強ばらせながら、他の仕事を言いつけて、皇帝と接触する仕事は伊良亜と二人で、極力、受け持った。

それなのに、真面目に働く木蘭をやっかんで陰口を叩く者が少なからずいた。

「なによ、あの威張った態度」

「しっ。聞こえるわよ。黎女官さまは、皇后陛下の身内だってもっぱらの噂よ。悪口を告げ口されたら、わたしたちの首が危ないわ」

「馬鹿ね。そんなの噂にすぎないわよ。以前は、尚衣にいたって言うじゃない。尚衣っていったら、毎日、縫い物と洗濯ばかりしているところよ。誰も行きたくない最低な部署」

「神仙殿はよっぽど人材がいないのね。そんなところから、女官を引っ張ってくるなんて。わたしたち、名門の出の女官と一緒にされたくないわ」

「まったくだわ」

二人の女官は笑った。木蘭はそれを部屋の片隅で聞いていた。胸が張り裂けそうなくらいの衝撃に立ちつくし、息を苦しく感じた。なにしろ、木蘭の前では親しげで、仲良くなったと思っていた二人であったからだ。悔しさに涙を肘で拭く。

食事に虫が入れられたこともあった。羹の魚の下に見えないように隠されていた。忍び笑いがして、わざとであるのが木蘭にも分かった。尚衣のいじめもここまでではなかった。

――我慢よ、木蘭。我慢。これも劉覇さまのためなんだから。

「木蘭姉さん」

そんな時、木蘭のことを案じた伊良亜が、尚衣で知り合った宮女の衛詩を応援に呼んでくれた。元来、明るい性格で、適応力のある少女だ。すぐに神仙殿の宮女、宦官たちと親しくなって、木蘭をよく助けてくれるようになった。

「衛詩、大丈夫？」

　床を磨く衛詩に声をかけると明るい笑顔が返ってくる。

「平気です。ここは尚衣に比べたら何倍も楽ですよ。家族に文を書いたんです。出世して皇帝陛下付きの宮女になったって。上がった給金も送ったので喜んでいるはずです」

「それはよかったわ」

「それに木蘭姉さんの役に立てて嬉しいんです」

　木蘭は、かつて自分は奴隷のように尚衣で働いていたことを思い出す。あの頃は、父と兄が亡くなって必死だった。今、苦しいと言っても綺麗な衣を着て、手に余る老人の話し相手をしているだけだ。

「ありがとう。あなたに会って心強くなったわ」

「木蘭姉さん、班女官を呼び寄せたらどうかしら？　きっと助けになってくれると思うけど」

　衛詩の提案は悪くなかった。班女官は尚衣の下級女官で優秀だ。木蘭が尚衣で働いていた時、上司でもあった。

　木蘭は、どうしても指示に従わない者の配置換えをして、班女官を後任にすることにした。現れた班女官は相変わらず色あせた女官服を着て、微笑みの一つもない。

「おひさしぶりです、黎女官」

「ご無沙汰しています、班女官。無理を言ってすみません」

「なにをおっしゃいますか。お引き立てに感謝いたします」

尚衣で上司だったときは、とっつきにくい人だと思ったが、飾り気がなく愛想もない人が頼もしく見えるから不思議だ。班女官は、転任早々、「なにをしているの、さっさと掃除をなさい」と遠慮なく宮女たちをこき使い始め、神仙殿の空気が一新した。

「衛詩の人選は適切だったと思わない？　伊良亜」

「ほんとうに。ただ……宮女たちが班女官を困らせないか心配です」

「班女官なら大丈夫だわ。尚衣で鍛えているもの。それより、衛詩は給金が上がって喜んでいたわね……」

宮女たちとて、ここに来たくて来たのではない。やる気が出るように支給される衣を新調し、給金も上げるように木蘭は交渉することにした。江中常侍は渋い顔をしたが、木蘭の給金を返上することで合意することができた。それでも心を許さぬ者は多くいて、上手く神仙殿を統率できない日は続いた。

――早く家に帰りたい。

木蘭は辛いことがある度に劉覇からもらった金の指輪を撫でて寂しさを紛らわせた。彼のためなら、どんな苦労も厭わなかった。一言、「ありがとう」と言ってくれたら、すべてが報われる。次に、いったいいつ彼に会うことができるのだろうか。木蘭は会える日を、指を折って数え、家に帰れる日を待った。

「木蘭」

救いなのは、皇帝が木蘭を徐々に頼りにするようになり、ことあることに呼び、眠るときは幼子のように彼女が側にいることを望むようになったことだ。父を亡くした木蘭には、皇帝は父親のような存在となり、できることはしてあげたい。そう思って真心を込めてお仕えする。

しかし、幾日か経ったある日――。

「誰が香を変えろと言った！　早く戻せ！」

老人は猛烈に腹を立て、玉杯を木蘭に投げ、漆の衝立をなぎ倒し、喚き、最終的に力尽きて床に座り込んでいた。数日前の虚ろな目は嘘のようだった。なにかおかしい。

「陛下」

「お願いだ。元に戻してくれ。あの香でなくてはならぬのだ……」

皇帝が言っているのは部屋にいつも焚かれていた香のことらしかった。陰気な麝香が混じる丹桂の香りは殭屍の祖、公孫槐が愛した匂いで、実は木蘭は昨日、それを別のものに変えるように頼んだばかりだった。

「どうされたのですか、陛下」

「いいから、言う通りにしてくれ」

木蘭は黙りこくった。

他の人はもう慣れっこかもしれないが、まとわりつくようなあの匂いと煙は、木蘭を嫌な気分にするどころか、頭痛をもたらす。陛下は毒されているように思えてならなかったから、江中常侍と話したのだ。

『香を変えることはできませんか。あの香りはどうもおかしいような気がするのです』

『皇后陛下も同じことをおっしゃって白檀(びゃくだん)をお持ちくださっております。そちらを焚きましょうか』

『お願いします』

木蘭の勘は当たっていた。

虚ろだった皇帝の様子が激変したのだ。

「頼む、胸が苦しゅうてならぬ。いつもの香にしておくれ」

木蘭は懇願されても首を縦に振りはしなかった。密(ひそ)かに太医に調査を命じて香を調べたところ、毒性が見つかったのだ。依存性もあり、少量ずつに減らして陛下の体をもとに戻そうと試みた。が、それは困難の始まりで、「殺してやる!」と脅す皇帝との戦いでもあった。

「不忠者！　お前など腰斬だ！」

「皇帝陛下、落ち着いてください」

「けしからぬ！　朕に逆らうと言うのか！」

皇帝が何度「殺せ」と命じても皇后からそうしてはならないと言われている者たちばかりの神仙殿内でのこと。外部には一切漏らさずに、皇帝の命令を無視して太医と共に治療に専念した。木蘭は、心の中では半泣きであったが、心を鬼にして、香を欲しがる皇帝をなだめ、窓を開けて新鮮な空気を宮殿の中に入れた。

「だれだ、朕の指輪を盗んだ奴は！」

時に、なんの落ち度もない宦官や若い宮女を皇帝は妄想で折檻することがあった。木蘭はそれを庇い、何度も背を蹴られた。皇帝は一度暴れてもすぐに体力がなくなり静かになるし、わずかに木蘭には遠慮している節があることを知っていたからだ。でも蹴られれば痛いし、惨めでもあった。

「大丈夫？」

木蘭が庇った見習い宦官の少年を立たせて声を掛けると、

「こんなのへっちゃらですよ、黎女官さま」

と笑みが返って来たが、その歯が一本抜けている。それでも木蘭が果敢に皇帝に対峙するせいか、神仙殿の空気は少し変わったように思う。

「黎女官さま、昼食です。お世話を代わりましょう」

以前は言われたことしかしなかった女官たちも、木蘭を気遣ってくれるようになった。死を恐れて積極的な治療を施さなかった太医も、

「この薬はいかがでしょうか」

と木蘭のところに相談に来る。

毎日がそんな具合で、相変わらず皇帝は些細なことで腹を立て高価な玉の器を木蘭に投げつけるが、仲間ができた木蘭は少し勇気が湧いてきていた。

「祭壇の供物はもう変えたか？」

「はい。すでに新しいものにしてあります」

そんな皇帝が心のよりどころにしているのが、公孫槐が勧めた竈の神である。熱心に毎日祈っており、竈を祀れば、鬼神を下ろすことができると信じていた。そして鬼神によって不老不死をもたらす煉丹を作ることができると吹き込んだ公孫槐が去った今もそれを疑うことがない。

そのため、皇帝は四段でできた石の祭壇を設け、貴重な蜜蠟から作った蠟燭の無数の明かりで満たしていた。そこに左右対称に花を配す。生贄の羊も絶えることはない。

火を崇める信仰は、すべて公孫槐が巧妙に古来の陰陽五行説を隠れ蓑に皇宮にもたらしたもので、公孫槐が殭屍であったことを皇帝は知っているはずなのに、どうして

竈の神を祀るのを止めないのだろうかと木蘭は不思議に思うことはあったが、竈の神を祀る信仰はすでに長安では一般的なものであるし、竈の神がもたらすという不老不死は皇帝の悲願だった。

「どうしたら、陛下のご気分を変えることができるかしら」

木蘭は伊良亜に相談した。

「外にお連れするのはいかがでしょうか。外に出れば、陛下の気持ちも少し変わりますわ」

木蘭は、外に皇帝が行くとはとても思えなかった。葡萄酒ばかりを飲んで、粥をわずかに胃に流し込むばかりの皇帝が、部屋から一歩でも出て行きたいと仕向けることは容易ではない。

木蘭は、迷った末、皇帝の機嫌の良さそうなときを狙って尋ねてみた。

「陛下、外を散策してみませんか。陛下がお命じになって建てさせた柏梁台が完成したと知らせがありました」

皇帝の神仙趣味で作った西域風の建物である。命じたのは寵愛した殭屍の崔倢伃がいた頃の話だ。皇帝は彼女が生きている頃、高楼を幾つも立てさせた。亡くなってからは、もはやどうでもいいのだろう。皇帝は反応すら示さない。木蘭はめげずに微笑む。

「庭を散歩するのはいかがですか。今日は日差しが暖かですから、気持ちがいいと思います」

「そなたはしつこい女子(おなご)よ」

皇帝は木蘭に飽き飽きしている様子だった。しかし、彼女以外に誰も自分に進んで近づこうとしないことに孤独な老人は気づいていた。立場上、無抵抗になるしかない木蘭に物を投げて怪我を負わせたことも悪いと感じているようだった。

木蘭が薬を皇帝に飲ませるために、碗(わん)を片手に匙(さじ)を口に運ぶとき、皇帝はじっとその手首についた青あざを見つめている。暴れた老人に物を投げられて、それが強(したた)かに当たってできたあざだった。老人は少し申し訳なさそうに、その時ばかりは苦い薬に文句を言わずに飲む。

「輿(こし)をもて」

薬を飲み終えた皇帝が拗(す)ねた子供が妥協するようにぼそりと言った。木蘭は顔を明るくした。

「陛下。お出かけになるのですね」

「池を少し見るだけだ」

歩いた方が健康的だが、半年もこの神仙殿から出なかった皇帝にはすぐには無理だろうし、皇帝が歩くということ自体が珍しいことだろう。江中常侍がすぐに輿を運ばせる。木蘭と伊良亜は皇帝を外出着に着替えさせ、髻を結い直した。見苦しい天子の姿を臣下に見せることはできない。皇帝お気に入りの黒地に龍を銀糸で刺繍した衣を着せ、赤い帯を結ぶ。

「参りましょう」

「そなたも乗っていけ」

四方に黄色い薄絹の帷が廻らされた豪奢な輿は二人でも三人でも乗れる大きさであるが、寵姫でも乗れば批判されるものだと木蘭は知っていた。崔倢伃がそうして滅んだのを思えば、木蘭は歩く方を選ぶ。

「輿の横におります。陛下」

「うむ。そうか」

支えていた腕を離すと、気だるそうに皇帝は輿に座った。神仙殿を出発した三十人あまりの一行を拝謁を何日も待つ臣下たちが驚き顔で見、そしてすぐ頭を垂れた。宮女や宦官は、冥府から戻った悪鬼に遭遇したかのように震えながら道の脇にすばやく避ける。

——みんなまだ、陛下を怖がっているのね……。

木蘭はうららかな日の下にわずかに暗雲が立ちこめ始めているのを見つけた。木蘭は、人々が天と天子から受ける理不尽な罰を恐れ、宮廷中が震え上がっているのを感じてわずかに気持ちが張り詰めた。

「急ぎましょう」

木蘭は禁苑へと輿を急がせる。

そこならば人がいない。人の目がなければ、皇帝も、木蘭も気を抜くことができる。

庭に着くと、皇帝はぼんやりと椅子に座って池を見つめていた。ここに来て一月、具合はずいぶんよくなったように見える。

北へ向かう雁が、池を越え、春を思わす風光が美しいのを見れば、皇帝は手のひらを天に翳して木漏れ日の明暗を眩しそうにする。閉じこもっていた宮殿の中では味わえない趣に、天子の心も少しずつ晴れているようだった。

「そなたも座るがいい」

「めっそうもございません」

「座れ。命令だ」

皇帝は自分の横を叩いた。木蘭は、仕方なくその横に座った。皇帝は釣り竿を持って来させ、餌も付けずに糸を垂らす。

「釣らないのですか」

「釣ってどうする？　泥臭くて食べられる代物などこの池にはいない。それに歓楽が極まってもはや哀情ばかりという気分なのだ」

「そんな寂しいことをおっしゃらないでください」

「そなたは朕を気にせず楽しむがよい」

木蘭はその場を和ませたいと思い、釣り竿を一本もらうと、ミミズを付け糸を垂れた。にこにこと皇帝を見れば、相手は苦虫を噛み潰したような顔を少し和らげた。

「確かにそなたの言う通り、よい日だな」

黄色の天子の傘が斜めに翳される下で、老人は言った。その肩には西方の毛織物が何枚も重ねられ、冷たい風が体に入らないようにし、太医も後ろに控えている。顔色はいい。木蘭は安堵の微笑みを漏らして、自分も池に目を移した。

「釣れないのぉ」

「そうですね」

「劉覇の顔を最近見ないが」

「わたしもお会いしていません。お忙しいのでしょう」

忙しくて会えない詫びを言いに来た彼の腹心の羌音が、代わりにと言って何度か美しい金の髪飾りを持って来てくれた。今はもう、宝石箱が一杯になるほどの数になっていて、木蘭は正直、嬉しいような悲しいような気持ちだった。できることなら、同じ皇宮内にいるのだし、直接会って話をしたい。そうできたらどんなに嬉しいことか。

「あれは生真面目ゆえに、政務以外には時間を潰さぬ。女のところに行ってなどいないから心配するな」
木蘭は頷いた。浮気など案じていない。劉覇とはそういう人ではない。ただ、彼が
あまりに顔を出さないので、避けられているのではと思ってしまっているのだ。おそ
らくそれも木蘭の思い込みだろうが。しかし、彼女が悩む前に、皇帝が木蘭の背を叩
いた。
「引いておるぞ！」
「かかった！」
木蘭は亡父が釣り好きでよく連れて行ってもらったから、やり方は分かる。糸が切
れないように緩急をつけて糸を引く。木蘭は大物がかかった手応えを感じながら、ゆ
っくりと糸をたぐり寄せる。
「大きいです！」
娯楽のない神仙殿の宦官が嬉しそうに言って、タモですくい上げた。
「釣れました！」
木蘭は破顔して、彼女の指先から肘ほどもあるフナを持ち、皇帝に掲げた。
皇帝もまた顔を赤めて、手を叩きながら立ち上がっていた。
「よいぞ、よいぞ！」
皇帝は興奮し、木蘭も鬱々としていた気持ちが一気に晴れた。

孤独な老人もまた同じ気持ちだったにちがいない。

「そなたは楽しい娘だ」

皇帝は、自分も釣る気になって餌を持ってこさせた。そして自ら二匹も釣り上げた。

「朕は食さぬぞ」

帰り道、煮れば臭みが飛ぶのではないかと言った木蘭に皇帝は首を横に振る。もともと魚は好きではないらしい。木蘭はひらめく。

「ならば、皇后陛下に届けてはいかがですか。陛下が釣られたと聞けば喜ばれるでしょう」

「そうだな。ではそうするように」

籠（かご）に入れられた生きたままのフナは椒房殿に運ばれて行った。これで皇后も少し安心するのではあるまいか。皇帝は外に出歩くまでに回復している。木蘭が家に帰れる日もそう遠くない。木蘭は浮かれて皇帝に頭を下げ、御前を下がった。

「わたしは着替えて来るわ」

木蘭は、同僚の女官に断り、濡（ぬ）れた女官服を脱ぎに自室に戻ろうとした。前庭を見れば、階段を劉覇が大急ぎで上って来るではないか。木蘭の気持ちがさらに明るくなった。久方ぶりの再会だ。

「劉覇さま！」

木蘭が声を掛けると、彼はなぜか表情を硬くした。

「皇帝陛下が外出したというのは本当か」

「ええ。日差しが気持ちがいいと言って出かけてくださったのです。先ほど、皇后陛下に釣ったフナをお届けして――」

彼は木蘭を見た。

「話がある」

「え？」

劉覇は木蘭を柱の陰に立たせた。

「皇后陛下はお怒りのご様子だ」

「お怒り？　なぜですか？」

「皇后陛下は、父上は神仙殿でご静養すべきだとおっしゃっているのだ」

木蘭は当惑する。

「どういう意味ですか。陛下はご静養中です。今日はご気分がよくなったから少し外出したというだけで、平素は養生しておられます」

「そうではない。そうでは……。陛下は神仙殿におられるべきなのだ」

木蘭ははっとした。

皇后は病気を口実に皇帝を神仙殿に幽閉しておく気なのだ。

「劉覇さまは？　劉覇さまはそれに賛成なのですか」

木蘭は許婚の袖を摑んだ。

5

「陛下を神仙殿の外に出すのは危険だ」

彼は吐息する。

「危険？　陛下は正気を取り戻しつつあります」

「どれだけの権力をあの人がお持ちか分からないのか。そしてどれだけの人間を殺して来たのか。百や二百では足りないのだぞ。なにも殭屍が現れてから陛下はおかしくなったのではない。それ以前より、非常に厳しい命令をお出しになる方なのだ、木蘭」

「どういう意味ですか」

木蘭は劉覇の言葉の意味が分からず、強い口調で聞いた。劉覇は声を落とした。

「諫言した文官には死を賜い、武官には兵糧を持たさずに戦場に送る。身の回りの者は皿を落としただけで晒し首、それが陛下だ」

「……では、ずっと閉じ込めておけと？」

劉覇は木蘭の腕を引き、その袖に隠されていた青あざを見て、悲しげな顔をする。

「陛下が何度か君に暴力を振るったと聞いた」

「暴力ではありません。ものが当たっただけです」

「君に向けて投げたのだろう、青銅の杯を。蹴られたことも聞いている……許されないことだ」

劉覇は静かに怒っているようだった。でも木蘭は怪我などどうでもよかった。武術を嗜むので、打ち身には慣れている。劉覇はそっとそれを冷たい指先で撫でて言った。

「痛むか」

「痛みません」

木蘭は口をへの字にして言った。

「それより答えてください。劉覇さまは、皇帝陛下をわたしにどうしろと思っているのか」

「しっかりと俺から説明しなかったのが悪かった。陛下にはしばらく静養していただく必要があるのだ。でも心配ない。太医に眠り薬を処方するように命じた」

木蘭は腹の底から怒りがふつふつと湧いてくるのを感じた。

「なら、初めからわたしに皇帝陛下を閉じ込めておくから、その獄吏になれとおっしゃればよかったんです」

「獄吏など……」

「そうでしょう？　政治に皇帝陛下を関わらせたくないから、眠り薬を出すのでしょう？　そういう話でしょう？」

木蘭は劉覇が握っていた自分の腕を乱暴に取り返した。

「木蘭」

「わたし、そういう曲がったことって好きではないんです」

「木蘭、信じてくれ。これは正しいことなのだ」

「それは劉覇さまから見た『正しいこと』というだけで、わたしからしたら不忠というだけでなく、不孝にも見えます」

正しさを語る人間が忠孝をおろそかにしてはならないのではないか。木蘭は「我、死しても天に背かず」という姉、黎秋菊の遺言ともいえる言葉を大事にしている。天や人に対して恥ずかしい生き方はしたくない。

「木蘭……。父上を思えばこそ、今は政治から離れて療養していただく必要があると思っている。これは不孝では決してない。わかってくれ」

「失礼します」

木蘭はそのまま劉覇に背を向けて自室へ急いだ。

腹が立ってならなかった。皇帝の介護を命じながら、実はその回復を願ってはいないとは信じられない。木蘭が皇帝付きに選ばれたのも、どうせ彼女では皇帝を回復させる能力などないからちょうどいいと思っていたからだろう。

「ひどい」

久しぶりに会ったのに、用件はそのことだけのようだ。怪我をしたのを知っていたのなら、もっと早くに来てくれればいいのに。もう何日も前の話だ。

木蘭は自室に入ると、衣を脱ぎ捨てた。

「どうかされたのですか」

「伊良亜」

だから木蘭はすべてを伊良亜にぶちまけた。彼女は話に相づちのみを挟んで聞いていたが、最後に木蘭に言った。

「たしかに陛下のお世話はもっと気をつけなければならないかもしれません。陛下はこの漢帝国の君主で、ご病気になる前から、気分で人を処罰されていたともっぱらの噂でした。少しお元気になるとまたその癖が出るかもしれません」

「だからって……」

「判断能力が劣った権力者ほど怖いものはないのです。木蘭さまは陛下をお世話して、気持ちが入っているかもしれませんが、梁王殿下が言うように、陛下が政治に関わるのは時期尚早なのではありませんか」

「政治の話ではないわ。外に出るのもいけないと皇后陛下はおっしゃっているの。そんなの酷すぎない？　伊良亜だって陛下は外の空気を吸った方がいいと思うでしょう？」

「木蘭さま……」

伊良亜の諭すような瞳に木蘭は黙った。

伊良亜すら味方してくれなかったことが残念で、木蘭は傷ついた。

「いいわ。分かった」

分かってなどいなかったがそう言って、着替えて部屋を出た。皇帝とは六博という盤上の遊びをする約束をしている。木蘭しか、あの孤独な老人を世話しないのに、どうして距離を置いて獄吏に徹することができるというのだろう。

しかし、先を急ぐ木蘭の袖を一人の官吏が必死な形相で止めた。

「陛下に取り次いでくれぬか。謁者が仕事をせぬ」

三十ぐらいの鷲鼻の男だ。たしか、湖丞相の部下で、よく無駄だと分かっていながら拝謁を求めて戸口に立っている人だ。つまり、皇后派ではなく、政治からつまはじきにされている皇帝派である。

「誰も通してはならないと陛下から言われています」

陛下は陛下でも皇后陛下だが。

「急ぎのことなのだ。匈奴の使者が和親を求めて王女を連れて長安にやって来ている」

和親の話なら朗報だ。漢は建国当初から隣国、匈奴と戦をし、勝ったり負けたりを続けている。この国は疲弊した民から強制的な徴兵を行っているのは有名な話だし、皇帝の道楽ともいえる西方遠征に費用がかさんでいた。

「でも、なぜ王女を連れて来たのですか」

木蘭は素朴な疑問をぶつけた。異国の王女が長安を訪れたなどという話は聞いたことがない。

「梁王殿下との婚礼のためだ。梁王殿下は皇太子になるだろうから、その后にという話なのだ」

木蘭は真っ青になった。狼狽し、言葉が出ない。相手はまさか木蘭が劉覇の許婚とは知らないので、木蘭の反応を怪訝そうにする。

「取り次いでくれぬか。重大なことだ」

「そんなこと……わたしの権限ではできません」

木蘭は逃げるように慌てて部屋の中に入った。

「どうしたのだ、血相を変えて」

皇帝は六博の盤をすでに用意して待っていた。そして木蘭の蒼白な顔を見て驚いた。

木蘭はとても隠してはいられなかった。江中常侍がいないのを確認してから、皇帝の前に進み出た。

「今、拝謁を求めている丞相府の官吏さまから聞いたんです。匈奴が和親を求めて使者を送ってきたと」

「匈奴がの」

皇帝は別段、表情を変えずにぼそりと言う。

「また公主を単于に与えなければならなくなるな」

単于とは匈奴の皇帝のことだ。漢は和親の度に、匈奴に宮女を公主としてその妻にと送っている。しかし、木蘭は首を振った。

「今回はそうではないんです。匈奴の王女の方が長安に来ているらしいのです」

「わしはこの年ではそんな気も起きぬわ」

木蘭は首を左右に激しく振った。

「劉覇さまにとの話なのです。劉覇さまは将来、皇太子になるだろうから、梁王后にしたいとのことのようです」

今度はさすがの皇帝もわずかに瞠目(どうもく)する。

「劉覇とな？」

「はい」

「ではそなたはどうなるのだ」

「どうなるのですか」

木蘭は半泣きで皇帝に尋ねた。

「まぁ、普通に考えれば王后は匈奴の王女になるだろうな」

「そんな……」

木蘭は洟をすすり、涙を袖で拭った。涙は衣に染み入って広がった。

「木蘭……」

皇帝は、わざわざ立ち上がって、彼女の頭をぎこちなく撫でた。衣服に香を焚きしめる薫籠から、かぐわしい匂いがするが、それがいっそう彼女を惨めにし、西域から連れて来られ、止まり木に鎖で繋がれている鸚鵡は今の彼女自身のようだった。

「その丞相府の官吏を呼べ」

「でも皇后陛下が――」

「ここのところ劉覇が顔を見せなかったのは、このことを隠していたからであろう。詳細を聞く必要がある。そなたのためにもな」

皇帝の瞳にはもう虚ろな色はなかった。木蘭は皇后に怒られることを覚悟して頷いた。

そして呼ばれた丞相府の官吏は、緊張した面持ちですぐに部屋の中に入って来た。

「皇帝陛下」

額ずいた官吏に皇帝が言う。

「挨拶はいい。詳しいことを聞きたい」

「一月ほど前に、匈奴の使者が、単于の孫で左賢王の娘、藍淋を連れて前触れなく書翰を携えて現れました。長安に来た理由を丞相府では把握できていなかったのですが、昨日になって和親と梁王殿下との結婚のためだと判明いたしました。これは陛下に言上しなければと思い、謁見を賜ったのでございます」

「うむ」

「どうやら匈奴は本気で戦を止めるつもりのようです。ですが、その——皇后陛下がこの件を仕切っておられ、詳しいことが伏せられております。いかがいたしましょうか」

「皇后に尋ねるしかあるまい。詳しいことが分かりしだい報告せよ」

「かしこまりました」

官吏は素早く部屋から出て行った。

——皇后陛下は一月も前からこのことを知っていたのかしら。

木蘭は脱力して、座っていいとも言われていないのに、近くにあった皇帝の椅子に座り込む。

「そなたは不思議な女子よ」

皇帝も半ば呆れながら、伊良亜に木蘭のために水を持って来るように命じる。

「まあ、それほど気落ちする必要はない。朕には劉覇だけでなく、燕刺王と広陵王という二人の息子がおる。劉覇には少し劣るが、どちらも悪い人間ではない。好きな方を選ぶといい」

「面白くない冗談です、陛下」

「冗談で言ったのではない。そなたの父の武功に報いるために、その娘を王后にするという約束を朕はした。劉覇がだめなら、もう二人いるのだから、どちらかと結婚するがいい。選ばせてつかわす。御史大夫に命じて二人に入朝するように言おうか」

木蘭は答える気にもなれなかった。

——劉覇さまと直接、話した方がいいのかもしれない。

劉覇さえ婚姻に否と言えば、この話は立ち消えになるのではないか。しかし、先ほどもめたことを考えると、今は会いたくないとも思う。

「申し上げます」

しかもそこに皇后から、匈奴の賓客をもてなす宴にお出ましを願う旨の文が皇帝にもたらされた。

「なにを企んでいるのやら」

皇帝は独りごちると、伊良亜が持って来た水をやさしく木蘭に手渡した。

6

翌日、皇帝が、拝謁の取り次ぎ及び上奏文を天子に伝達し、決裁を通達することを怠った咎で光禄勲に属する官吏、謁者を市で腰斬の上、城壁に晒し首にしたため皇宮は震撼した。もちろん、木蘭もその一人で、皇帝という人が、病に伏した弱き君主ではないことをここで初めて痛感した。

——劉覇さまの言葉は本当だったのかもしれない。

それでも自分の思ったことを口にせずにはいられない木蘭のこと。女官が政治に関わってはいけないと知っていながら、読書している皇帝に怖い物知らずに言ってみた。

「謁者さまは可哀想ではありませんか」

老人は顔を上げて、木蘭を見た。江中常侍が真っ青な顔になり、即座に皇帝の怒りを買うのを恐れて跪く。

しかし周囲の心配をよそに皇帝は微笑んだ。

「木蘭は心がやさしいの」

「だってそうではありませんか。毎日、神仙殿の前で一生懸命、あの方は謁見を取り仕切ろうとしていました。陛下もご存じではありませんか」

皇帝は木蘭を隣に座らせる。

「仕事を頑張っていたのは評価すべきだが、務めを果たさぬのなら無能だ。そして無能とは罪なのだ」

「でも死罪は厳しすぎます」

「そうしなければ、これから誰も朕に従わないだろう」

これは皇后への警告なのだと木蘭は悟った。謁者の腰斬は権力闘争の生贄なのだ。

「皇后は務めを果たした。朕が病のときに代わりをよく務めたのだからな。しかし、有能過ぎるのも罪なのだよ」

木蘭は肩を落とす。顔見知りが無残に殺されるのは気持ちのいいものではない。

「朕はそなたのように心優しい女子を知っている。陶俗華と言った」

「その方はどうされているのですか」

側室の住む掖庭殿にそんな名の人はいない。

「無実の罪を負わされて死んだ」

木蘭は押し黙った。

「そなたは善良であるが、少し思慮が足りぬ。つまらぬことに関わって身を滅ぼさぬように気をつけよ」

そうなのかもしれない。政治と関わりになるとろくなことはない。しかも、皇帝は回復して皇后から権力を取り戻したいと思案している。木蘭はたわいない天気の話や六博の相手、詩の朗読などの世話をすべきで、重臣さえもこの人を恐れて諫言できないのに、こんな風に勅命に意見するのはよくないのかもしれない。

「失礼いたします、陛下。孫御史大夫と匈奴の正使が拝謁を願っております」

そこへ副丞相というべき重臣の訪れが告げられた。

木蘭はすぐに立ち上がり、皇帝の衣服の乱れを直す。

そして江中常侍が使者を正式に取り次いだということは、皇后の意向だと気づく。異国の使者に皇帝を会わせないわけにはいかないからだろう。病気などと知られれば、相手の出方が変わる可能性があるからだ。案の定、皇后も遅れて到着し、当然のごとく皇帝の横に座った。

「天の立てたる匈奴の大単于は敬んで皇帝にご起居の如何をお伺い申す」

現れたのは、酷吏という言葉が似合いそうな、官服を乱れなく着る潔癖そうな黒髭の孫御史大夫と、大柄な匈奴人。歳は四十ぐらいだろう。黒髭で片耳の耳飾り、絹の上から皮衣を着るといういかにも騎馬民族の武人という雰囲気の人だった。

彼がもたらした書翰は匈奴にしては常より謙虚な書き出しだったようだ。皇帝は激怒することなく書翰をさらに開き、怪訝そうにする。木蘭がちらりと盗み見れば、

「願わくば戦を止め、兵卒、兵馬を休ませ、これにより民を安んじ、二国の間で太平

を喜びたいが、いかがか」という主旨の文言が並ぶ。

皇帝はそれに悪い印象を持たなかったようだ。

皇帝が始めた西域攻略の戦は、長らく国を蝕んできた。政策を転換させる潮時だということを木蘭ですら知っていたから、本人もこれを悪い話ではないと思って不思議ではない。皇帝は皇后の許に書翰を回した。

使者が言う。

「書翰では触れられておりませんが、梁王殿下と我が国の王女藍淋との間の縁談が条件となっております」

「うむ。百官と諮って返事しよう」

皇帝は即答を避け、朝見が終わると席を立った皇后を呼び止めた。

美貌の皇后は、木蘭を見ると不機嫌な瞳をしたが、言葉はかけなかった。皇帝にも、「いかがされましたか」と夫婦にしては冷め切った声で、皇帝も椅子を勧めなかった。

「和親はいかがするつもりだ」

皇帝は単刀直入に聞く。

「和親はなりません」

「なにゆえに」

「匈奴は何度も約束を反故とし、巧みに我が国を騙して城塁に侵入し、辺境の民を攫い奴隷としてきました。信用できません。しかも将来の皇后に匈奴の娘をと言ってきていますす。漢の長い歴史でも、漢の公主を単于に与えたことはあれど、我が国が皇后に匈奴の者を迎えたことは一度たりともありません」

「うむ」

「皇后は漢人でなければなりません。国の根本です」

皇帝はそれだけ聞くと自分の意見を述べることなく、皇后に手を振って下がれと指示する。皇后はその犬でも払うような傲慢な態度に腹を立てたようだが、

「今夜の使者を歓迎する宴にはお越しください。皇帝がお出ましになるだけで、漢の威信が保たれます」とだけ言って去って行ってしまった。

その折にも木蘭をちらりと見た。

非難されたような気分になった木蘭だったが、皇后が王女と劉覇の結婚に反対してくれていることに安堵して、足早に去る人を見送った。

皇帝は戸が閉まると、ぼそりと一人ごとのように言う。

「和親は成立しないであろう。皇后の力は強い。しかも宗室の結婚は皇后の力の範疇だ」

「それならいいですけど……もし和親がなされないなら、それはそれで胸が痛みます」

「なぜだ？」

「だって、辺境の人々はすごく苦労して生きていると聞いていますし、徴兵された家々は働き手を失って生活に困っているって——申し訳ありません。また余分なことを言いました」

「自分のことだけを考えていればよいものをそなたは難しい女よの。他人のことなど考えず和親が成立しないのをそなたは喜ぶべきだ」

木蘭はまったくその通りと思った。

そしてその夜、百人にも及ぶ匈奴の賓客をもてなす宴が行われた。良質の酒が客を楽しませただけでなく、皇帝が西域から招いた幻人による口から火を吐く奇術が披露された。

楽人は皇帝陛下お気に入りの曲を奏で、舞姫たちが、華麗に長い袖を振るって踊る。客たちは豪華な雉の料理に舌鼓を打ち、笑い声が紫の玉杯が掲げられるたびに広がった。

木蘭はずっと皇帝の椅子の後ろに待機していたが、透かし彫りのおかげで中の様子を窺うことができる。

皇帝の隣に座っている劉覇は相変わらず蒼白の肌に魅惑的な瞳、耳から顎の線はなだらかで、貴人らしい福耳はいかにも貴公子然として美男だ。しかも微笑みを湛えている頬はため息が出るほど上品だった。ところが、今夜、それを向ける相手は木蘭ではない。

「もう一杯いかがですか」

匈奴の王女、藍淋。

彼女は匈奴の王族の正装をしており、緋色の衣に同じ色の羅紗の帽子、三連の瑪瑙の首飾り、馬を象った耳飾り、少し癖のある豊かな黒髪は腰まである。遠目からでも、その彫りの深い大きな二重の瞳と、劉覇に微笑み返す唇のふっくらしたところは魅力的に見えた。健康的な肌も眩しい。聞いた話では単于の孫で、漢の言葉も巧みで、乗馬も得意なのだそうだ。木蘭は胸が痛み、嫉妬で心が黒く満ちるのを感じた。

「王女。お注ぎしましょう」

「いただきますわ、梁王殿下」

彼女は一目で劉覇を気に入った様子だった。彼女の手が、劉覇の手をかすめて、真っ赤になる。木蘭は面白くなかった。そして悲しくもあった。拳を握り締めて我慢する。しかも、どうやらこの和親に反対しているのは、皇后とその配下だけのようで、大半は内心歓迎の様子だ。

「めでたい。これはめでたいですぞ、殿下。このような美しい方を皇宮にお迎えできるとはなんと良き日でございましょうか」

杯を掲げた漢の重臣がほろ酔い加減で言う。

「お二人ともお似合いでございます」

他の者も追従する。それは匈奴が実質の朝貢として、刺繍した毛織物や、金の耳杯、乾漆製の化粧箱、青銅の壺、玉など珍しい財宝を用意して宴の場で披露したからだった。しかも匈奴は毎年、同じだけ漢に贈ることを約している。おそらく根回しに重臣のところにも賄を入れているから、この和親が続く限り彼らの懐も温かい。

劉覇は困惑顔でなにも言わない。皇帝は耳が悪いのを装って黙々と葡萄酒を飲む。皇后は終始微笑みを頰に浮かべていたが、気づくと中座していなかった。

「梁王殿下のご趣味はなんですか」

一人機嫌がいいのは王女藍淋だ。劉覇にしきりと声をかける。

「読書です」

「まあ、どんな本を?」

「史書が多いように思います」

「なんという史書ですか。わたくしも漢の歴史を勉強し始めたところなのですよ」

彼女はひっきりなしに赤い木の実のような唇で劉覇に声をかける。仲睦まじい二人を見た重臣は、どれも和親を願うものばかり。戦争がなくなれば国が安らかになるだとか、農作物がもっと穫れるようになって徴税もしやすくなるだとか、人々は幸せになるだとか。

木蘭は、自分勝手になれば和親に反対だ。しかし国を思えば和親した方がいいと思う。

劉覇はどう思っているのだろう。

――王女が劉覇さまに嫁げばわたしは側室となるのかしら……。それとも皇帝陛下がおっしゃるように他の諸侯王に嫁ぐことになるのかしら……。

劉覇は誰よりも国を思う人だ。多くの人を助けることができるなら己の気持ちなど二の次だろう。――つまり木蘭を捨てても不思議はなかった。木蘭の望みは劉覇と一緒にいたいということだけなのに、それさえできなくなるかもしれない……。

彼女は混乱した。動悸が激しくなり、空気が吸いたくなった。

「木蘭、少し顔色が悪いぞ。外の空気を吸ってきたらどうだ」

皇帝が気遣ってくれたので、木蘭は頷き、皇帝の威厳を示すため女官が持つ背丈ほどの四角い扇を伊良亜に預けると部屋を出た。宴の出し物は白虎や羆の仮面をつけた者たちが、飛んだり跳ねたり、逆さになって芸を披露していたが、木蘭は鑑賞する人々の後ろを回って通り抜けた。

月に薄雲がかかった夜だった。空気は静謐で、ひんやりとした風が草木を鳴らす。

地面を見て歩けば、ぐちゃぐちゃになった頭の中が少しましになる。

――劉覇さまのことが好きなのに、そう言えば、わたしの我が儘になるのかもしれない……。

でも――。

――劉覇さまのお側にいたい。

木蘭は二つのことをぐるぐると考えた。低い庭木を撫でながら、石畳の庭園を歩く。向こうに行けば、釣りをした池がある。

そこに、キィィという絹を裂いたような音がしたかと思うと雲もあまりないのに雷の落ちる音が遠くにして木蘭は顔を上げた。眠りについていた椋鳥たちがそれに起きて頭上で騒ぎ立てる。

耳を澄ませたけれどそれ以上なにも聞こえなかった。木蘭は気になって、足を音のした方へと向けた。橋が遠くに見える。明かりがなくて足下がおぼつかない。

「木蘭じゃないか」

突然、前方から声を掛けられた木蘭は、はっと顔を上げた。目をこらすと暗闇に人影がある。彼女は身を強ばらせた。

「誰?」

「僕だよ」

木蘭は身構えた。

7

暗闇から垣根を跨いでこちらに来たのは、颯――。

彼は匈奴の王族だ。使者の一行と一緒でもまったく不思議ではない。

刺繍の施された冠帽を粋に被り、草原の民の正装をしているのはなかなか野性的で堂々とした魅力に溢れていた。

「会いたかった。連絡が取れなくなって案じていたんだ。家に行って聞いても親戚の家に行ったと言うばかりで行き先を教えてくれなかった。まさかこんなところにいるなんて思ってもみなかったよ」

彼はぎゅっと木蘭を抱きしめた。戸惑った木蘭の両腕が宙に浮いたままになる。

「宴では見かけなかったけど、匈奴の使者の一人なの？」

「ああ。と言っても正式なものじゃない。従妹のお守りさ」

「王女藍淋の？」

彼は微笑し、それよりと、彼女の手を取って石の椅子に座らせる。

「いつまで皇宮にいるんだ。街で一緒に遊ぼうと思っていたのに」

「そんなの分からない。こういう宮仕えはお許しがないと宿下がりもできないのよ」

彼は人なつっこい笑みを浮かべ、木蘭の手のひらを撫でた。

「礼を言いたいとずっと思っていたんだ」

「礼はわたしが言う方よ。この間はありがとう」

「いいや、そんなの大したことじゃない。君のおかげで祖国に帰ることができた。ありがとう、木蘭。心から感謝する」

木蘭は、六年前を思い出す。

あれは木蘭と颯が十二歳のときのこと。

颯の父は、この国の捕虜であったが、急に漢側の将軍と交換されることになって帰国を許された。その時、漢人の妻との間に生まれた颯を彼は黎家の従者に預けてそのまま置き去りにしたのだ。

敵国の女との間の子を祖国に連れて帰っては体裁が悪いと思ったのか、あるいはどうでもよかったのか知らないが、ひとりぼっちになった颯は肩をふるわせて捨てられた悲しみと悔しさに耐えていた。

けれど彼は泣いているだけではなかった。冷静になった颯は父を追いたいと言い出した。しかし、匈奴との国境を一人で越えるのは危険であり、木蘭の父、黎史成はツテを探すから待てと言った。

しかし、子供心とはそういうものを理解できない。歩いてでも父を追うのだと言い、木蘭も手助けしたくなり、自分の馬の背に鞍をつけた。

『行きましょう！』

　木蘭と颯の二人は長安を飛び出し、草原へと向かった。

　初夏の柔らかな草を馬蹄が踏みしめ、青い匂いが辺りに充満していた。風はやさしく、空はどこまでも澄んでいた。白雲が浮かび、田に早苗が靡いているのも美しく、二人は肺いっぱいの空気を吸い込んで、馬を走らせたものだ。

『なあ、一緒に匈奴にいかないか』

　彼がそう言ったのは、きっとそんな旅をずっと続けたいと思ったからだろう。

『行けない。お父さまもお母さまもいるもん。それにわたしには劉覇さまという許婚だっている』

『僕だって匈奴に行けば王族だ。君を梁王より幸せにできる』

　木蘭は微笑した。後ろから父とその部下が追ってくるのが見えたのだ。

『さようなら、颯。いつかまた会いましょう』

『木蘭……』

『早く行って。お父さまに捕まるわ』

　木蘭が馬から下りると、少年、颯はしばらく迷っていた。そしてもう一度、木蘭に『乗ってくれよ、木蘭』と手を差し伸べる。

が、彼女はそれを取りはしなかった。

『行って。幸せになってね』

『木蘭』

彼はそうして長安を去っていった。木蘭はずいぶん叱られたが、颯の安否はそれ以後聞かなかった。死んだとは思っておらず、必ず生きていると信じていたから、街で再会したときもそれほど驚きはしなかった。

「それで木蘭」

彼は皇宮の庭で、神妙な顔をするとその手を取ったまま言った。

「会えて本当に嬉しい。もう一度、抱きしめてもいいか」

彼は格好こそ匈奴のものになったが、昔も今も変わらない。すぐに人にくっつきたがる大型犬のようだ。木蘭は苦笑しながら言った。

「わたしも会えて嬉しいわ、颯」

強い抱擁だった。草原で生きているからだろうか。長安の人間より、颯は自分の気持ちに正直で、血が熱い。しかし、長すぎる抱擁に木蘭が困惑し始めたそのとき、手燭の明かりとともに声がした。

「木蘭!」

劉覇が大股でこちらに急いでいた。眉を逆立てて颯の肩を右手で押すと、木蘭の腕を左手に摑んで自分の方に引き寄せた。

「大丈夫か」

「え？　ええ」

誤解されたのだと知って、木蘭は劉覇に説明しようとしたが、胸を押された長身の颯が、それより数寸低い劉覇の前に堂々と立ちはだかる。

「梁王殿下」

「お前は？」

劉覇は相手が、酒宴で酔った漢の重臣ではなく、匈奴の使者団の一人だったことをそこで初めて悟ったようだった。眉を寄せた。

「僕は右賢王の息子で、姓を攣鞮氏、名を颯と言います。以前は長安で暮らしていましたので、木蘭とは幼友達です。僕たちは、ただ再会を喜んでいただけです」

颯の言葉は礼儀正しくはあったが、瞳は挑発的だ。

異国の使者とあっては、劉覇はそれ以上の無礼はできない。ただ「そうか」とだけ言って、木蘭の腕を強く引っ張った。

「劉覇さま……」

「行こう、木蘭」

颯は心配そうに木蘭を見送ったが、何も言わなかった。

対して、劉覇は大股で木蘭の腕を引っ張り、ぐんぐんと歩いて行く。

「ちょっと、待ってください」

木蘭にはわけがわからなかった。彼はいつだって礼儀正しく、誰に対しても拱手(きょうしゅ)を忘れない。それなのに今は、酷(ひど)く慌てて混乱しているように見える。

「放してください、劉覇さま、痛いです」

「悪い……」

痛みを訴えて初めて、彼は木蘭の腕を強く摑んでいたことに気づいたようだった。

「どうされたのですか」

木蘭が尋ねると、劉覇は唇を固く噤(つぐ)んだ。なぜ分からないのだと顔が言っている。木蘭は劉覇を正面から見上げる。

「颯は本当にわたしの幼なじみでそこで会って嬉しくって抱きしめただけなんです。弟のような存在で、劉覇さまが誤解されるような相手ではありません」

「子供ではないんだ、木蘭。そしてここは皇宮。女官が異国の使者と通じたとなれば大事になる」

「通じるだなんて」

木蘭はびっくりして目を丸めた。

「男女が暗がりで抱き合っていたんだ。言い訳はできない」

木蘭は劉覇を睨んだ。やましいことはなにもない。そんな風に頭ごなしに言われるのは、納得がいかなかった。唇が自然と尖る。

「誤解です」

木蘭は真実を告げる瞳で劉覇を見た。

彼は語気を少し和らげた。

「木蘭、宴席だ。皆、酔っている。たとえ知り合いでも気をつけなければならない」

「別になにもありませんでした」

「木蘭。君は俺の許婚だ。人の目というものがある」

劉覇は木蘭の手首を摑んだ。常時より余裕がない瞳で彼女を見る。しかし、木蘭の方は「許婚」という言葉でいろいろなことを思い出した。例えば、皇帝陛下のご病気のこと、王女藍淋との結婚のこと。いったい劉覇はそれについてどう考えているのか。

しかし、それを問うより先に劉覇がおもむろに口を開いた。

「君を誰にも触れられたくないのだ……」

呟きのような声だった。

指と指とが遠慮がちに絡まり、二人の距離が縮まった。愛撫するように彼の冷たい親指と人差し指が木蘭の耳朶を挟んで撫でる。

「君は俺のものだ」

熱っぽい瞳が木蘭を射貫き、彼女は首まで紅潮して俯いた。何か言おうとしたが、それになんと答えていいのかわからなかった。ただ、わかるのは、木蘭は謝らなければならないということだけだ。

「劉覇さま、わたし――」

その時、庭の奥の方で悲鳴が聞こえた。そして「お助けください」と叫びながら走って来た十三、四の宮女が、お辞儀も忘れて劉覇の足にしがみ付いて二人は驚いた。

「た、大変です、皇后陛下が！」

「皇后陛下がいかがしたのだ」

「た、倒れておいでです」

木蘭と劉覇は顔を見合わせ、すぐにことの重大さを悟ると、震えているその娘の腕を取って立ち上がらせて、場所を案内させた。

「一体なにがあったのだ」

劉覇が尋ねると、宮女は小走りになりながら答える。

「酔い醒ましに立たれた皇后陛下がなかなかお戻りにならないので捜しに庭を歩き回っていたのです。それで、倒れておいでの陛下を見つけたのです。あの橋の向こうです」

泣きべそを掻きながらも懸命に説明する宮女は、橋を渡った向こうを指した。

「あの森の中です」

禁苑の広大な敷地の中にはまだ手入れされていない場所がある。石畳の道は一応あるが、夜では迷いやすい。木蘭は、なぜこんなところに皇后陛下が来たのかと思った。

「急ぎましょう」

「ああ」

そして三人は幽暗とした雑木の森へと足を踏み入れた。手燭がなければ、暗くて歩けないほどの場所で、皇宮内とは思えぬほど薄気味悪い。梟が木の上からこちらを見下ろし、赤い眼をしたムササビが頭上を横切る。

木蘭は昼間とは違う暗闇の庭に緊張し、劉覇の後ろを進む。そして劉覇の持っていた明かりに何かが光ったと思ったとき、横たわる黄金の衣を着た人を見つけた。

「陛下！」

駆け寄ろうとした二人は、足を止め、言葉を失った。

「なんてことだ……」

金の髪飾りを飾った頭が、あらぬ方向で曲がっていたのだ。顔は苦痛に歪み、口は開いたままだった。木蘭は自然死でないことをすぐに悟り、言葉を失った。こんなことはあってはならなかった。皇后は国の礎であり国母。木蘭の手足が震え、動揺で頭が回らず、両手で口を押さえた。狼狽を隠すことができない。冷静な劉覇が指示を宮女に出す。

「人を呼んで来い。兵と太医も必要だ」

「か、かしこまりました」

宮女は飛ぶようにもと来た道を戻っていく。木蘭は深く呼吸を二回し、気持ちをわずかに落ち着かせると、せめて人が来る前に皇后の瞼を閉じてさし上げないといけないと思い至り、恐る恐る跪いた。すると、遺体の脇でなにかを見つけた。

――これは？

拾ったのは、見たことのない銀の硬貨――。

ところが、その時――。

「木蘭！　あれを見ろ！」

劉覇が驚きの声を上げた。木蘭が天を仰げは、闇の空を斜めに青白い光が長い尾をおびて横切るところだった。

皇后崩御の夜、西の空のかなたに彗星が現れた。

第二章　異国の銀貨

1

皇后の死因は首の骨を背後から強い力で折られたことによると確認され、遺体は殯に備えて帛におおわれると、玉衣に包まれた。

養い子である劉覇の落胆はどう慰めたらいいのか分からぬほどだったが、彼は嘆いている間もなく、招魂の儀、哭葬、告別の儀、葬送と続く儀式のすべてを采配しなければならず、正式な調査は滞っていた。

——犯人を突き止めるわ。

木蘭は皇后の死を悲しみ、心の底から憤っていた。決して犯人を許すまいと心に誓い、皇帝の許しを得て、調査に乗り出すことにした。

皇后と一緒にいた越女官の行方は、一晩経っても手がかりすら摑めず、木蘭は、唯一糸口になりそうな拾った銀貨を、皇后の居所である椒房殿付きの宮女、女官、宦官、すべてに見せたが、誰も心当たりがなかった。

「皇后陛下の持ち物ではないわ。きっと犯人が落としたんだわ」

「わたしもそうだと思います。しかも、これはどう見ても西域のものです。皇后陛下は西域趣味はないですから、そのお持ち物のはずはありません」

捜査の相棒は伊良亜だ。彼女は冷静な判断と西域の知識があって頼れる存在である。

木蘭は銀貨に墨を塗り、その裏表を帛に上手に写してから、実物は同じく捜査をしている武官に渡した。

「犯人は見つかっていない。木蘭、調べるつもりなら十分気をつけるのだぞ」

劉覇は木蘭を案じてそう言ったが、彼女は世話になった皇后を殺した者を捜し出すつもりだった。彼女にとって皇后は未来の姑であったし、目をかけてくれる高貴な存在で、堂々とした居住まいは、憧れの人でもあった。

ただし、手がかりはただ一つ。この銀貨だけだ。

「見て、伊良亜」

木蘭は銀貨の写しを親友に見せた。

「硬貨の表には彫りの深い男の顔があるわ。裏には火の意匠らしきものが描かれている。異国の文字がそれを囲んでいる。どこの国の硬貨かしら？」

「四角い穴の開いた銅銭のこの国の硬貨とはずいぶん趣を異にしますね」

書かれた字に関しては、誰も知る人がいなかった。

「伊良亜、もう一度、皇后陛下が倒れていた場所に行ってみましょう。なにか分かるかもしれないわ」

「そうですね、手がかりがあるかもしれません」

木蘭は伊良亜を誘って禁苑に向かった。

神仙殿を出ると、皇宮全体が静かだった。

皆、皇后の殯のために白い衣を着て、私語など慎み、国母の喪に服していた。神仙殿から見て北にある後宮は特にそうで、皇后の居所、椒房殿からは哭泣している声がした。

もちろん、木蘭も白い喪服で、笑みなどは控えて歩いた。宴が行われていた宮殿の前を通り過ぎれば、未だに片付けが行われており、多くの者が忙しそうにしている。

木蘭たちはそこを過ぎ、早道をして建物の裏を通り抜け庭に出ようとした。

しかし、井戸の前に尻餅をついて座り込んでいる若い華奢な宮女を見つけて足を止める。どうしたのだろうと、目を向ければ、せっかく汲んだ水をこぼし、彼女の衣はすっかり濡れていた。

「どうかしました？」

やさしい伊良亜が木蘭より先に宮女に声を掛ける。すると宮女は井戸を震える指で示した。

「い、井戸の中に……、し、し……した……」

「井戸の中?」

木蘭は首を傾げながら、井戸を覗いた。

——何かしら?

ひらひらした赤い布が、浮いている。

目をこらす木蘭。

漂う布の真ん中に黒いものを見つけると、一瞬固まった。濡れた海藻のようなものが、長い女の髪だと分かったからだった。

「い、伊良亜。こ、これ……し、死体だわ……」

赤い女官服を着た女の死体だった。それが、ぷかぷかと浮いている。ぴくりとも動かず、生きているようにはとても見えなかった。伊良亜が焦る気持ちを抑えた声で言う。

「私は梁王殿下にお知らせしてきます」

「お願い、伊良亜」

木蘭は尻餅をついている宮女の横に立つ。木蘭とて死体を見て驚いたが、一緒に腰を抜かしているわけにはいかない。

「あなたは、すぐに太医と宦官か武官を呼んで来て。引き上げないといけないわ」

禁中の警備は少府の管轄だ。気が動転している年若い宮女がそのあたりに気が回るか分からないが、誰かは連れて来てくれるだろう。

「皇后陛下の女官かしら……」

着ているものは赤い冬用の女官の衣だ。騒ぎを聞きつけて集まって来た宮女の一人を木蘭は捕まえる。

「お願いがあるの。井戸で死体が見つかったから、行方不明の女官と親しかった者をすぐにこちらに向かわせて欲しいと椒房殿に言って来てくれない？」

「は、はい。ただいま」

伊良亜はすぐに戻って来たが、朝議が長引いていて劉覇は来られないとのことだった。代わりに彼の側近である羌音が話を聞きつけ伊良亜と共に駆けつけてくれた。心強いことに、死体を引き上げるのに立ち会うのも請け負ってくれた。

「ご覧にならない方がよろしいかと」

羌音が忠告するも、木蘭は気丈に振る舞った。

死体は武官五人がかりで引き上げ、水を含んで膨れ上がっていたが、噂で聞いた水死体ほど腐敗しておらず、井戸に入れられてからそれほど経ってはいないのではないかと思われた。それでも、悲惨な女官の死相に木蘭も伊良亜も顔を背けずにはいられない。

「首が折れております」

女官の死体を見た太医は、首の骨を折ったことが死因だと断定した。

皇后と同じである。

その後すぐ、椒房殿から死体を確認するために連れて来られた王（おう）という宦官は、それが皇后付きの越女官で間違いないと証言した。木蘭は腕組みをして考えてから、死体の傍らに膝（ひざ）をつく。そしてちらりと衿（えり）をめくった。

——噛（か）み傷がある。

頭によぎったのは殭屍（キョンシー）であるが、太医は獣のものだろうと言った。野良犬が宮殿の庭には住み着いている。死体は放置されたかなにかで犬に噛まれ、その後、誰かが井戸に投げ込んだ。その時に首の骨が折れた可能性もあるというのだ。木蘭もその説明に納得したものの、胸の中のわだかまりは残った。

「木蘭さま」

羌音が木蘭の背に声をかけた。振り返ると、椒房殿の王宦官から聞いたのであろう、並んで立っている。

「越女官は皇后陛下の縁戚（えんせき）です。名門の出で一月前に椒房殿に上がって女官として陛下にお仕えしていたとのことです」

「名門の令嬢が、女官勤め？　おかしな話ですね」

死体に目を向ければ、二十歳ほどだ。いい嫁ぎ先を見つけて嫁いでいてもおかしくない年頃なのに、側室ではなく女官になるのは腑に落ちない。行儀見習いにしたら少し遅い。羌音がその疑問に答えた。

「家族が流行病で全員亡くなったのです」

「流行病ですか？」

「はい。それで宮仕えするしかなくなったようです」

「なるほど」

宮仕えの理由はそれで分かった。しかし、それにしてもこの死体は奇妙だった。そもそも、晏皇后と越女官が殺されたのは同時なのだろうか？　なぜ、女官だけは井戸に放り込まれたのだろうか。もしや、別々の人物に殺された？

木蘭はいろいろ考えたが答えは出なかった。

女官の死体は板に乗せられて運ばれて行く。木蘭は気の毒でならなかった。名門に生まれて家族を亡くし、慣れない宮仕えの末に殺されてしまったなど、不幸が重なりすぎている。同じように父、兄、姉を亡くし、宮仕えしている木蘭は同情せざるを得なかった。

木蘭は王宦官に尋ねた。

「ゆうべはどうして皇后陛下は宴席を立ったのですか」

「陛下は少し酔われたようで、越女官が酔い醒ましに外に出ることを勧めたのです」

「なぜ、あんな庭の奥まで皇后陛下はいらしたのでしょうか」

「さあ。ここのところお疲れのご様子で、気分を変えたいと思われたのではないでしょうか」

あの夜、皇后は普段と同じに見えた。しかし内心は、和親したい臣下たちが、自分の意向を無視して酔ったあげくに劉覇と匈奴の王女との結婚を迫っていたのを面白く思っていなかったに違いない。

ただ、たとえ酔い醒ましや、気分転換にしろ、高貴な皇后ともあろう人が、あんな不気味で野犬もいるような森の中に自ら足を踏み入れるだろうか。そうせざるを得ない理由があったとしか考えられない。たとえば、誰かと会う約束をしていたとか――。

「太医は野犬の仕業だというけれど、本当にそうかしら。わたしも禁苑にはよく行くけれど野犬など見たことないし、もしやこれは殭屍の仕業じゃ――」

羌音が慌てた。殭屍が去った今、その言葉は禁句となっているからだ。

「殭屍のはずはありません。我々は半年前にすべて抹殺したのです。その後の念入りな調査でも見つかってはいないのでご安心ください」

「でも、嚙み傷があります」

「殭屍に嚙まれた者を何人も診たことがある太医が野犬の仕業だと言っているのです。

殭屍のはずはありません」

「死体は水に浸かっていました。野犬の仕業という断定がどうしてできるのか不思議に思ったのです」

「それは殭屍がここにはいないからです。野犬の件は数匹いるという報告は以前から受けていたので事実だと思います。犬を捕まえることができなかったのは、庭園を取り仕切る鉤盾令が先月、突然亡くなったせいで、なかなか雑事に手が回らなかったのでしょう」

殭屍ではあってはならないと言っているようだった。皇宮には殭屍の事件などなかったかのようにしなければならないと暗黙の掟があるのだろう。

「黎女官さまは誰といたのですか」

少府所属の武官が聞きに来た。木蘭は正直に話す。

「わたしは梁王殿下と庭にいました。でも宴の会場のすぐ近くです。そして、その前は匈奴の使者で右賢王の息子、王子颯さまとほぼ同じ場所で話していました」

劉覇にとって皇后は養い親。実母亡き後、育ててくれた恩人で、むつきをしている頃から実の子同然に可愛がってくれたのだと聞いている。当然、彼は皇后派に属し、許婚の木蘭もそうだと思われている。一応の聞き取りだと調査を命じられた武官は断った。

「犯人はおそらく男でしょう。女の力では後ろから首の骨を折ることはほぼ不可能ですからね」

警備の担当者は、夕べ自室にいた者、少しでも宴を離れた者、一人で行動していた者、すべてを呼び出すことにして聞き込みを始めた。

木蘭は、役人が殭屍について隠したいがために、適当な人物に罪をなすりつけないか不安になった。そういうことがまかり通るのが、皇宮というものだ。

「手がかりはあの銀貨だけだわ」

木蘭はその写しを抱きしめた。

2

その翌日の夜、木蘭は皇帝の寝所の準備をしながら考えをめぐらせていた。

この銀貨がどこのなにかをどうやって調べればいいか。

葬儀にかかりきりの劉覇に代わって、羌音が、西域に使者として行ったことのある官吏や、大宛(フェルガナ)の遠征に加わった武官などに聞き込みをしたらしいが、芳しい情報は未だ得られなかった。その報告は、皇帝にもたらされたので、木蘭もよく知っている。

「どうしたらいいのかしら」

木蘭が、上の空で枕の位置を直していると、皇帝は詩が書かれた竹簡の束を下ろして不思議そうな顔をする。伊良亜が肘で木蘭をつついた。顔を上げると、皇帝がこちらをじっと見ていた。

「なにを悩んでいるのだ」

皇帝は木蘭が気になって仕方ないようだった。木蘭は寝台に横になろうとしている皇帝の横に座る。

「なぜ、皇后陛下は殺されなければならなかったのかを考えていたのです」

皆、なにも言わずとも、皇后を殺したのは皇帝だと思っている様子だ。皇帝が病の間に実権を握り、軟禁したから当然だろう。しかし、側に仕えている木蘭は、皇帝が皇后を殺しそうな人に会っていなかったことを知っているし、そんなことを命じる人ではないと信じていた。皇帝本人がこの事件をどう思っているのか、探る意味もあって、あえて疑問を直球で投げたのだ。

「そうよのぉ」

皇帝は少し考えた。

木蘭は銀貨の写しを皇帝に見せる。

「これです。陛下はご覧になったことはありますか」

「ないの」

木蘭はがっかりした。皇帝がそれに苦笑し、話題を変える。

「劉覇は葬儀のことで忙しいであろう」

皇帝が病身で一連の葬儀の儀式に出席しないため、木蘭は葬儀には関わりがなかった。皇后に関することを掌(つかさど)る詹事(せんじ)という役職の官吏や祭祀(さいし)に関わる太常(たいじょう)が皇帝に詳細を報告するのを横で聞くばかりで、劉覇の姿もここのところ見ていない。

「葬送の儀がもうすぐありますから、お忙しいはずです」

「うむ。それでは調査に時間を割けまい」

皇帝が、木蘭が持っている写しを指さした。

「朕はまったくこれがなにか分からぬが、そなたが気になるのなら、知っていそうな者は知っている」

「本当ですか！」

「だが、少々へそ曲がりで、昔のことをいつまでも根に持つ男で、かなりの変人だ」

「そんな人がおられるのですね」

「ああ。不忠者だが、この国一の物知りだ。本に埋もれて暮らしておるわ」

木蘭は厳格な皇帝にそんな変わった臣下がいることを不思議に思った。皇帝が眠そうにあくびをしたので、彼女は首もとまで衾(ふとん)を引き上げる。

「天禄閣(てんろくかく)における中書令(ちゅうしょれい)の東郭研(とうかくけん)という年寄りだ。明日、朕の命令だと言って会いに行ってみるといい」

「ありがとうございます、陛下」

木蘭は明るい笑みを浮かべ頭を垂れたが、皇帝はすでに眠りについていた。

しかし、木蘭には一つ疑問が湧く。

中書令は皇帝の秘書長で、宦官の官職。いわば側近の地位だ。しかし、木蘭はそれらしき人物を一度も見たことがなかった。史官でもないのに、なぜ書庫である天禄閣にいるのだろう。中書令の仕事はどうしているのか。

翌日の午後、木蘭と伊良亜は天禄閣の前に立った。

「どんな変人でしょうか。快く教えてくださるといいのですが」

「そうね……手土産を持ってくるべきだったかしら」

「それを言うなら心付けではありませんか」

「幾ら？」

木蘭は巾着を漁った。五銖銭が十枚あるだけだ。中書令への心付けには足りない。

「大丈夫よ。皇帝陛下のご命令だもの。ご命令を伝えるのに、手土産も心付けも必要ないわ」

伊良亜は皇帝にあのように評価された人物について危惧している様子だったし、彼女自身、周りの仲のいい宦官から中書令は変人だという噂を聞いて来たようで、身構えてここにいる。木蘭は頷いた。そして、恐る恐る天禄閣の戸を開く。

「すみません」

乾いた竹簡の臭いが漂い、整然とした棚に竹簡が一束、一束、麻の袋にいれられておかれているのが見えた。札が付けられ、それがなんの書物かも分かるようになっていた。木蘭は恐る恐るもう一度、声をかけた。

「ごめんください」

人影はない。

「誰かいませんか」

伊良亜も中に声をかけるが、返事はない。机の上は、綺麗に整頓されており、誰かが座っていた様子はなかった。

「お留守のようです」

伊良亜は帰りたそうな顔をする。木蘭は苦笑して、彼女を励ました。

「大丈夫よ。中に入ってみましょう」

木蘭は敷居を跨ぐ。一度、劉覇と来たことがあるので、大体のことは分かっている。奥に階段があり上階に上がれるようになっており、部屋がいくつかある。本が傷まないようにするためか、建物全体が薄暗く、明かり取りから塵がきらきらと舞い降りていた。

「すみません」

木蘭は通る声でもう一度言った。

「はい。どなたですか」

若い男の声が階上からようやく返って来た。ひょっこりと階段の手すりから顔を覗(のぞ)かせたのは、ほっそりとした顔の男だ。愛想よくにこにことしている。宦官なのだろうか、中性的な美少年で、気がよさそうだ。

「あの、調べてほしいことがあって来たんです」

「調べる？　ここは国の貴重な書物を保管する書庫で、女官風情の調べ物をする場所ではありませんよ。他を当たってください」

表情は柔和だが、言うことはなかなか辛辣(しんらつ)だ。木蘭はむっとして答えた。

「わたしは皇帝陛下付きの女官で黎木蘭といいます。陛下のご命令で、知りたいことがあって参りました」

彼は、今度は少し目を見開いてから、しまったという顔をした。

「少々お待ちを」

慌てて少年宦官は階段を上がって行く。しかし、老人の「馬鹿もん！」とか「追い返せ！」とか「知るか！」とかいう怒鳴り声が二階から聞こえると、木蘭と伊良亜は顔を見合わせ、身を縮めた。怒鳴っているのが噂の変人、東郭研だろう。

「あんな爺の頼みごとなど聞くわけないじゃろう！」

「中書令さま、頼みごとではなく『ご命令』だそうで……」

「なおさら悪いわ。さっさとその女官を追い返せ！」

どうやら噂通りの人らしい。だが、若い男が半ば無理やり階下まで引っ張って来た。

老人は、白髪で皺だらけの顔の七十代。落ちくぼんだ目で、鼻は高く、若い頃はなかなかの美男子だったろうと思わせる整った顔立ちだ。しかし、着ている官服はよれよれ。黒色が冷めて灰色にさえ見える。いつからここに寝泊まりしているのだろうか、薄い毛で結われた髷も乱れたままだ。

――中書令といえば実入りのいい仕事だと思ったけれど。

人材の推挙などで賄賂がもらえる美味しい役目なのだ。だから中書令に皆がなりたがるものなのに、目の前の人は極貧の下級官吏にしか見えない。木蘭は勇気を振り絞って話しかけてみた。

「あの……わたしは陛下のご命令で来た黎木――」

「ご命令などに従う義理はない。さっさと帰れ」

「お願いです。とても大切なことなのです」

「帰れと言ったのが聞こえぬのか！」

老人は心底、なにかに怒っているようだった。しかし、そこで諦める木蘭ではない。袖の中にある銀貨の写しを取りだした。

「少しでいいので、これを見ていただけませんか」

そして両手で差し出した。が、相手はそっぽを向いて見もしない。しかし、木蘭も負けていない。一歩前に出て、帛を広げて見せた。

「皇后陛下が亡くなられたところに落ちていた異国の銀貨の写しです。どこのものか、知りたいと思ってご無礼は承知でお訪ねしました」

老人はちらりと帛を見た。

「西域のものか」

「そうだと思います」

知的好奇心をくすぐられたようだ。東郭研は喉の奥で唸って、自らとしばらく葛藤した後、ひったくるように帛を木蘭から奪い、目から引いたり近づけたりして、それを確認する。

「たしかに西域のもののようじゃなぁ」

「どこのものかご存じありませんか、中書令さま」

「知らぬ」

即答され木蘭はがっかりした。

が、老人は瞳を光らせると、その年とは思えぬほどの速さで階段を上って行った。

「あの……」

木蘭が若い宦官を見れば、彼はまたにこりとする。

「葉と申します」

「葉宦官。中書令さまは一体？」

「二階に行ってみましょう。なにか分かるかもしれません」

木蘭は伊良亜の手を取って階段を上った。

「銀貨について書かれた書物があるのでしょうか」

「どうでしょうか。ここには漢の英智が詰まっています。しかし、西域に関しての資料はまだまだ足りてはいません」

木蘭たちは急な階段を上がると、一階とはまったく趣の違う二階に出た。薄暗い一階とは違い、窓が大きく光が差し込んだ。長い廊下の一番奥の戸が開いたままになっている。

中に入れば、剝きだしの竹簡と帛の巻物の山が棚に天井まで積まれ、床をも侵食していた。辺りは古びたもの特有の臭いで満ちて、書きかけの帛が乱雑に机の上にある。

「今にも崩れそうですね」

足の踏み場がなかったため、伊良亜があきれ返りながら床に落ちている竹簡を拾おうとした時、老人がその手を止める。

「やめよ！　やめよ！　わしの部屋にあるものに絶対に触るな。散らかっているように見えてもすべてどこにあるかわしは把握しているのだからな。なくなったら一大事だ」

「そ、そうなのですか」

木蘭も伊良亜も手を引っ込めた。床に転がっている竹簡に少しでもつまずきでもしたら怒鳴られそうだ。

「どこじゃ、どこじゃ」

老人は竹簡の山を掘り返し始める。

「なんでここはこんな雑然としているのですか」

木蘭が小声で尋ねると後ろにいた葉宦官が、棚から木箱を運んで来ながら答えた。

「読んだものから一階の書庫に整理していくのですが、天禄閣には中書令さまと私の二人しかおりませんからね。なかなか分類に手が回らないのです」

「なるほど」

陛下は各地の珍しい文章を集めるのが趣味であるが、それに人手が追いついていないのだという。しかも中書令は西域の研究もしていて書庫の整理まで時間が割けないらしい。

東郭研は、一度読んだり、見たりした書物のことは決して忘れない天才らしく、犬が地を掘るように前屈みになって竹簡の山から目当ての書物を探している。しかし、これだけ散らかっているのだ。そう簡単には見つかるまい。白湯でもどうかと葉宦官が言うので、木蘭たちはありがたく埃っぽい部屋から出て一階の綺麗な机の前に座った。

「皇帝陛下の中書令さまへの評価は遠からずというところだったわね」

木蘭はこっそりと伊良亜に言った。すると、葉宦官は耳が良いらしく、興味深そうに尋ねる。

「陛下はなんと?」

「えぇっと、ちょっと変わっているって」

木蘭が咳払いしながら言うと、葉宦官は笑った。

「それは当たっていますね。へそ曲がりとか、根に持つ男とかおっしゃっていませんでしたか?」

「え、ええ」

葉宦官は苦笑する。

「陛下は東郭研さまが太史令だったとき、六博に負けたことに腹を立て、免職した上、投獄を命じ腐刑にされたのです。恨みに思われてもしかたありませんよ。しかも、それをすっかり忘れて『あいつはどこにいる』と十日ほどでお尋ねになり、中書令の役職をお与えになったのです。以前は似た者同士で仲がよかっただけに、中書令さまも陛下を許すことができず、陛下の秘書官などになるものかと、お役目をほっぽり出してこの書庫に閉じこもっているのです」

木蘭は呆れた。六博は皇帝が気晴らしにする盤でやる遊びで、それで負けたから投獄は酷すぎる。

――喧嘩になったのでしょうね……。

酒が入った勢いで、けんか腰の友人を懲らしめようとして罰したが、翌朝すっかり忘れてしまった――そんなところだろうか。

葉宦官は椀に湯を注ぎ足す。

「ところで、皇后陛下殺害の件はどうなったかご存じですか。噂はここまでいろいろと届いておりますが、捕まったというのは聞かないので、厄介だと中書令さまと話していたところです」

「今は葬儀のことで皆、忙しくしていてなかなか調査に手が回らず、なんの手がかりもないようなんです。本格的な捜査はおそらく葬儀が終わってからになると思います。わたしは銀貨の件を調べていて、ここに来たのです」

木蘭の返答に葉宦官が頷く。

目の前の人も口にはしないけれど、どうやら、皇帝を怪しんでいる様子だった。木蘭は椀の中の湯に映る自分を見つめた。

——もし、調べて陛下だと分かったらどうしよう。

そんなことはあってはならなかった。皇帝は劉覇の実父であるし、木蘭にとってお仕えする主だ。彼女を取り立ててくれた皇后への恩も考えると複雑にならざるを得ない。しかし、そこへ階上から声がした。

「お前達、なにを遊んでいる、手伝え！」

東郭研老人が竹簡を山ほど抱えて一階にやって来た。木蘭たちが慌てて椀を机からどかすと、老人はその上に置く。帛の巻物が多いが、皮のものもある。木蘭は見たことがないものを見つけ、尋ねた。

「これはなんですか」

「粘土板じゃよ」

竹簡を使わない国では粘土板とよばれる粘土でできた板を使うのだという。木蘭は不思議そうに見た。文字が書かれているが、どうやら縦書きではなく、横書きのようだ。

「探せ」

「なにをですか、中書令さま」

木蘭は尋ねた。

「その硬貨の写しの文字に似た文字をじゃよ」

なるほど、そうすれば、どこの国のものか分かる。

「では、わしはもっと持って来る」

「え？」

「これだけのわけないじゃろう。この機会に分類をする。手伝いが増えて好都合よ」

木蘭は書物が山盛りになった机を見てげっそりした。伊良亜も、そろそろ神仙殿に戻らなければならない時間なのを気にしていた。しかし、皇帝に叱られてもしかたない。東郭中書令がやる気のうちに調べた方がいいだろう。木蘭は天禄閣の前を掃いていた少年宦官に神仙殿に遅くなるという使いを頼んだ。

「明かりをとってきます」

葉宦官が、暗い書庫の手元を明るくすると、おのおの目の前の文書を手に取った。そして広げてみる。木蘭は首を傾げた。

――この文字、どちらが上でどちらが下かしら？

楔形(くさびがた)文字や見たこともない漢字の部首のようなもの。漢字に近いもの。それら似ているものを分類して箱に入れろと言われた。伊良亜が一枚の皮に書かれた文章を巻き戻すと、迷わず箱の中に入れるのを見て木蘭たちは驚いた。

「楼蘭の文書です。銀貨の文字とは違います」

伊良亜はその後も、楼蘭の文書を見つけると、楼蘭と書かれた箱に入れる。手際が良い。

「こりゃ、いい助手を得た」

中書令は喜ぶが、木蘭の方は遅々として進まない。どれも同じ文字に見える。苦心しながら、木蘭は箱の中に一つ、一つ入れるが、どうも銀貨の裏面に書かれている文字に似たものはなかった。亥の刻を過ぎると木蘭はあくびを堪えた。そして分かったのは、異族、西域と一言で言ってもいろいろな国があり、なんとももどかしいということだけだ。

しかし、夜も更けて、伊良亜がうとうとし始めた時、木蘭は手に載るほどの小さな粘土板の欠片を箱の底で見つけた。点のついた丸い文字が似ているように思った。だが、欠片しかなく、他の部分がない。

木蘭は、知的好奇心で唯一目をらんらんとさせている人に欠片を差し出す。

「これはどうですか？　中書令さま」

中書令が身を乗り出し、葉宦官が手を止めた。伊良亜が船を漕いでいたのを止めた。

「どれ？」

老人は目をすぼめ、明かりに近づけて木蘭から受け取った粘土板を見る。葉宦官と伊良亜が両側からそれを挟んで覗き込んだ。緊張が走る。

「これじゃな」

老人は断言した。

「ここところの文字が同じじゃ」

木蘭は帛の写しをよくよく見て、粘土板の文字も見る。二つの文字が同じで、おそらく同一の文字だろう。

「なんて書いてあるか分かりますか」

「いいや。共通しているのは二文字しかない。分かるわけあるまい」

木蘭は友人を見た。

「伊良亜は？」

「申し訳ありません。楼蘭の言葉とは違います」

彼女は首を振った。

「分かるのは、これらは大宛から来たということだ。帳簿にちゃんとそう書いてあるから間違いない」

大宛とは漢から西に一万里先にある国である。皇帝が遠征軍を送り、その財宝を奪ったのが十数年前の話。皇帝は多くの財宝と汗血馬を得た。

「ただ、これは大宛のものではない」

老人は竹簡を広げる。

「大宛のさらに西にある安息のものじゃろう。この絵を見てみよ」

書物の目録を指さして言う中書令は自分の前にあった帛の巻物を木蘭の前に広げる。難しい漢文で書かれ、かつて勅命で大宛を旅した者が聞いた安息の話を書き残した文書らしい。

「安息では火を崇めていると書かれている。銀貨の裏面に書かれているのは、安息の者が崇める火ではないか」

木蘭は首を傾げた。同じに見えるが、もし文字の位置が粘土板のものと一緒なら、絵は上下逆ではないか。火を崇めているのなら、神聖なもののはず。それをなぜ上下反対に描くのだろう。とはいえ、ひとまず前進だ。銀貨は安息のもので、大宛を経由して入った可能性が高い。銀貨に描かれた絵は本来のものとは逆に描かれている。

そしてふと、木蘭は思い出す。

殭屍の祖、公孫槐の棺は大宛にあり、それを漢軍が戦利品としてもって来たということを。大宛から連れて来られた官婢の宛ばあさんと言う人が、皇帝の食事を掌る尚食という役所にいるのだが、彼女はかつて公孫槐の棺はもともと大宛のものではなく、安息から来たものだと言っていた。

銀貨は殭屍ともしや関わりがあるのではないか。

「もう一つ、不審なのは、安息の者は偶像崇拝しないと書物には書いてある。なぜ、火の形を銀貨に描かせたのだろうか」

「偶像崇拝しない？　つまり像のようなものを拝まないということですよね？　たしかに竈の神を祀る陛下も、偶像崇拝せず、火以外を祀っていません」

伊良亜も首を傾げる。木蘭は言った。

「劉覇さまに報告しなくちゃ」

明日の朝、一番に彼に会わなければならないと木蘭は思った。

――これはきっと大切なことだわ。

彼女は、もう一度、銀貨の写しを見下ろした。

3

「早く行かないと」

木蘭は朝議が終わった時間を見計らって、劉覇が宿直に使っている未央宮内の部屋を訪れることにした。ゆうべ、就寝の支度もしないで出かけていた木蘭を皇帝は叱りはしなかった。とはいえ毎日、仕事をしないわけにはいかない。

「早く行って、早く帰って来るわ。留守は頼んだわよ」

伊良亜を自分の代わりに神仙殿に残し、木蘭は白い喪服のまま、劉覇に調べたことを報告するのだと勢いよく宮殿を出た。しかしそのわりに、だんだんと足が重くなるのは、劉覇とごたごたしているせいだった。

颯と会ったことをなじられるのは心外だったし、だったら自分は匈奴の王女藍淋と宴の間中、ずっとべたべたしていたのはどういうことだと言いたい。しかも、藍淋との結婚に関する彼の態度は曖昧で、木蘭にはっきりと説明すらしてくれない。

——もう！

とはいえ、腹が立つのはやはり木蘭が劉覇のことが好きだからで、彼の役に立つのであれば自分が調べたことを報告しに会いに行ってしまうからだ。

——ああ、あ。

全然、彼に自分の想いが届かない。そして彼がなにを考えているのかも分からない。自分のことを語りたがらない劉覇は謎めいている。何事にも直球な木蘭には複雑な男の心理などわかりようもなかった。

もどかしくて……胸が痛くて……木蘭にはどうしたらいいか分からなかった。それでもあるだけの勇気を振りしぼって、劉覇を訪れるのは、彼女の誠意であり、純真な会いたいという想いのせいだった。

彼の顔さえ見れば、自分の不安な思いなどきっと吹っ飛んでしまう——そう思った。

「劉覇さまは？」

出迎えたのは羌音。彼は少し困惑気味で、

「少々お待ちください」と庭を挟んだ向こうへと行ってしまった。鳥のさえずりが聞こえ、暖かな日差しが中庭に零れていた。そして木蘭は劉覇の声がかすかに聞こえてくるのに気づいた。

「皇宮の外をご案内するとお約束していたのに申し訳ありません」

「皇后陛下の葬儀があるのですもの。仕方ありませんわ。こうして静かなところで少しの間でもお話しできるだけでわたくしは嬉しいですわ」

女性の声が聞こえる。

木蘭はそっと奥へと行き、柱の陰から部屋の中を覗いた。

――王女藍淋だわ。

ふんわりした髪が卵形の輪郭をひきたたせ、桃色の口紅と頬が愛らしかった。少し我が儘そうな瞳が悪戯な光を放ち、魅力的に見える。異国の鮮やかな朱色の衣も凡庸な長安の深衣とは違い、闊達な印象を与えた。

「ところで、殿下。その佩玉、とても素敵ですのね」

「これは――」

「鵲なんて可愛い。ねぇ、わたくしにくださらない？　すごく気に入りましたわ。

ね？　ダメなんておっしゃらないですよね？　そうでしょう？」

彼女は上目遣いで劉覇におねだりしている。

それが自分が劉覇にあげたものだと気づいた木蘭の胸が強く軋んだ。王女は魅惑の微笑みを頬にたたえて、彼に嫌とは言わせない様子で迫っている。劉覇も困惑顔だが、はっきりと否とは言わない。

「もし、くださるのであれば、わたくし、殿下のお知りになりたいとおっしゃっていた使者の意図を詳しく聞いてみますわ」

劉覇は明らかに迷ったようだった。

匈奴の意図を知りたいと思うのは、当然のことだろう。

「嫌だとはおっしゃらないでしょう？」

王女の手がすっと劉覇の腰に伸び、素早く佩玉を自分の手の中に収めた。

「素敵だわ」

劉覇が慌てた。

「お返しください、王女。それは、たわいないものです」

「嫌よ。気に入ったもの」

彼女は劉覇が差し出した手を逃れた。

「もしかして大切な人からの贈り物かしら？」

「いえ……そういうものではなく、もっと王女に相応しい上質な玉で作ったものを贈ります」

木蘭は胸が締め付けられて痛くてしかたなかった。なぜ、劉覇は自分からの贈り物だと言わないのだろう。

――たわいないもの？　分かっていたわ。人が見たら恥ずかしい安物だってことは。欲しいという王女を断る口実なのは分かっている。しかし、劉覇の言い草が悲しくてならなかった。必要なものも買わずに我慢して、小銭を数えて市に行ったあの日の木蘭の高揚感など彼には伝わっていなかったのも残念で仕方ない。とても慎重に選んで、奥にあるのを頼み込んで見せてもらって、なんとか値切って買ったのだ。理由はただ一つ。劉覇に喜んでもらいたかったから……。

木蘭は息を一つ深く無理やり吸い込むと踵を返した。

捜しに来た羌音とぶつかったが、謝りもせずに大股で中庭を横断する。早くこの場を離れなければならなかった。さもなければ、抑えきれなくなった涙がどんどんと止めどなくこぼれ落ちてしまう。

惨めな自分をどうすることもできなかった。

木蘭は腕で涙を乱暴に拭うと、駆けだした。

「木蘭！」

劉覇が名を呼ぶ声が追って来たけれど、決して振り返りはしなかった。

その後、何度か劉覇は木蘭に会いたいと言って神仙殿にやって来たが、皇帝の具合が急に悪くなり、会うことはできなかった。

「結婚しないで皇帝陛下に一生お仕えするのも人生だわ」

姉の秋菊は、側室であったが、後宮において六十を過ぎた皇帝の手足となって働こうとしていた。木蘭はその夢を継ぐのもいいと思った。

朝議に出る皇帝に礼装を着付け、冠をかぶせ、輿(こし)に乗せると、「出して」ともたもたしている目上の江中常侍に目配せする。相手は腹を立てた様子だが、江中常侍の頼みの皇后はもういない。木蘭は皇帝のお気に入りだし、皇太子になるのが決まっている劉覇の許婚(いいなずけ)だ。江中常侍も木蘭に対して遠慮しなければならないと思っているようだった。

「そなたは女官としてなかなか優秀だ」

皇帝もそう言ってくれ、木蘭も天職なのではないかと思い始めている。しかし、黎家としては、木蘭を最低でも王后にするのが希望であるので、叔父(おじ)の黎薫が参内し、皇帝にそのことを言上して釘(くぎ)を刺したせいで、劉覇と匈奴の王女との結婚が決まった時は、他の諸侯王に嫁がせると、皇帝は明言してしまった。

「陛下にこれからもお仕えさせてください」

木蘭はそう言ったが、皇帝は首を振る。

「我が息子とそなたとの結婚は、黎史成との約束であるし、朕の願いでもある。朕は高齢で不老不死にも失敗した。あと何年生きるか分からない。朕に仕える必要はない」

「でも、陛下……」

「まさか朕の陵を守って余生を暮らすなどと言うまいな」

木蘭は、この会話以来、皇帝と将来について語っていない。だから、考えるのを止め、今しなければならないことを全力でしようと思っていた。つまり、皇帝の日常を助け、政務に使う墨を磨り、食事に気を配り、仕える者たちに指示を出す。しかし――和親の話はどんなに木蘭が聞かないように心がけても皇帝の側にいる限り耳に入った。

翌日、木蘭は未央宮前殿に皇帝の供で向かった。

控えの間の帷の隙間から見れば、広間には数百人の文官武官がおり、文官が左側、武官が右側に官位の序列で並んでいる。笏を手にかしこまり、黒い官服をまとっており、厳かな雰囲気だ。劉覇は一段上の段に立っていた。そのさらに二段上の黄金の玉座に皇帝が袖を翻して座った。

「愚臣が思いますに我が国は長い戦で多くを失いました。兵は疲れ、兵馬は痩せ衰え、戦を支えるべき民は病んで鍬さえ持てずにおります。匈奴とは和親し、一時、国にひと息をつかせるべきかと存じます」

たしか孫御史大夫は皇后派であったはずなのに、そのように朝議で進言し、文官の多くだけでなく好戦的であったはずの武官の一部までもが、戦は止めるべきだと主張した。

皇帝は臣下たちの議論には加わらず、身じろぎさえしない。一方、劉覇は亡き皇后の主張を繰り返した。

「知っての通り、匈奴は以前も和親を結んでおきながらそれを破り、漢の辺境に侵入し掠奪して信用がなりません。我らは、甘い言葉に騙されてはならないのです」

しかし、孫御史大夫は更に前に進み出ると、笏を上げて言上する。

「陛下。梁王殿下は、条件である匈奴の王女との結婚に不満があるのです。しかし、宗室の婚姻はすべて国事であり、私事ではありません。ましてや、このような国難にあって殿下が和親に協力的でないどころか、反対するのは不忠であると言えます」

皇帝は肘掛けを指で叩いて、考えをまとめようとしていた。そしておもむろに口を開く。

「たしかに国が疲弊し、民が苦しんでいるときに和親するのはよいことだ。朕もそれに同意する」

御史大夫がにやりと口の端を上げた。しかし、皇帝は続ける。

「たしかにその通りであるが、劉覇が言う通り、匈奴が信用ならぬのも事実。調査を馬邑にいる間諜に命じたので、遅かれ早かれなにか連絡があるだろう」

「しかしながら――」

「皇后が亡くなったばかりである。国は喪に服しておる。劉覇は皇后の実子ではないとはいえ、養い子で、婚礼を今語ることはそれこそ不仁と言えよう。それに異族の娘を未来の皇后にするのは考えものではないか。なぜ慣例通り、漢の公主を単于に与えるのではなく、このような次第となったのか」

喪のことを言われると、強くは結婚の話はできないし、未来の皇后が異族となるのも、問題があった。前例を踏襲するのは漢では重要なことだ。朝議の席はにわかにざわめき、皆が私語を始めたので、孫御史大夫は下がらざるを得なかった。

「散会」

議題は再び数日後に話し合われることになって朝議は終わった。すると、劉覇は重臣たちに止められる前に一人、足早に去って行ってしまった。

重臣たちはそれが不満でならないようだった。代わりに中郎将である木蘭の叔父、黎薫が捕まって、劉覇と木蘭の結婚の話はどうなっているのか問い詰められていた。

どうせ、

「陛下は別の諸侯王と姪を結婚させるとおっしゃった」と得意そうに自慢しているのだろう。劉覇の妾になどなったら黎家の面目が立たないし、黎薫はどうやら和親賛成派のようだ。

「気にするな」

皇帝が、そう慰めてくれたものの、木蘭の気持ちは当然沈んだ。皆が和親をなして、平和な日々を取り戻したいと思っているのを木蘭も切実に感じたからだ。

一度、戦となれば、匈奴に派遣される兵の数は数十万にも及ぶ。その数十万の家族が、大切な人の無事を祈り、そして失うのが、戦というものだ。木蘭の父、黎史成も西域へ長く遠征していたので、その気持ちはよく分かる。

「わたしは、一体、どうしたらいいの？」

自分が劉覇を諦めればいいのか。

いや、もうこれは木蘭の心の問題ではなく、ことはもっと大きくなっていて、自分の意思などではどうにもならなくなっている。国と国の問題。

自分の結婚が要の話なのに、自分ではなにも決められない。理不尽な理に、木蘭は怒りとそれに対極する悲しみを感じた。

「あなた」

ぼんやりしていた木蘭は、いつの間にか皇帝の行列の最後尾にいて、誰かに声を掛けられたことに気づかなかった。

「あなたを呼んでいるのよ」

振り向けば、匈奴の王女藍淋だった。今日は草原を思わせる若草色の地に羊が描かれた遊牧民らしい衣を着ている。彼女は巻き髪を指で弄(もてあそ)びながら近づいて来た。

「あなたが、黎木蘭？　ちょっといいかしら。話があるの」

王女の瞳(ひとみ)が鋭く木蘭を貫いた。

4

「挨拶(あいさつ)の仕方も知らないの？」

腕組みした王女藍淋は驚いて突っ立ったままの木蘭に傲慢(ごうまん)に薄ら笑った。木蘭は腹が立ったが、彼女は王女で国賓だ。自分から礼をしないわけにはいかない。

木蘭は腰に手を当ててお辞儀した。

王女は満足そうに微笑むと手を振って言った。

「楽にしていいわ」

訛(なま)りのある漢の宮廷言葉は、嫌みに満ちている。王女は高貴な生まれの美少女であるだけでなく、自分の魅力をどう人に見せればいいのか知っている人に見えた。自信に満ち、女官にすぎない木蘭をあざ笑うように見下す目は好感が持てない。

「あなたが、黎木蘭ね」

「はい。そうです……」

「劉覇さまの許婚っていうのは本当なの？」

「はい。そうです」

木蘭はぐっと我慢して丁寧に答える。

「わたくし、あなたのことを買いかぶっていたようよ。劉覇さまが大切にしていると聞いたから、もっと美人で素敵な人かと思っていた」

藍淋は上から下まで木蘭を見る。

「こんな短い髪の人、わたくし、初めて見たわ」

木蘭の髪は、姉の秋菊が殭屍として狂った時に切られた。髪が美貌の尺度である今日、肩のあたりまでしかない女は美しくないと言える。が、あからさまにそれを指摘したのは王女が初めてだった。木蘭は、自分の短い髪を撫でた。

「それにこれ」

藍淋は木蘭の喪用の白い麻でできた女官服を汚いもののように見る。

「皇帝のお手水の世話までしているって本当？　そういうのは宮女の仕事よ」

「陛下のお世話をするのはとても名誉なことです」

「ほんと、良い子なのね、あなた」

彼女はにこりとしたが、いい意味で言っていないのは、口調で分かる。馬鹿にしているのだ。王女は腰に手を当てた。

「身の程を知ってくださらない？　劉覇さまは、わたくしと結婚するの。和親と引き換えでは断ることなどできないのですもの。そうなったら、あなたは側室になるつもりかもしれないけれど、わたくしは正妻としてそれを絶対に認めないわ」

王女は木蘭に近づき、肩を手で押して、よろめかせる。

「あなたなんか、わたくしの敵ではないけれど、目障りなの」

彼女が取り出したのは、木蘭が劉覇にあげた佩玉。紐は赤いものに変えられている。

「劉覇さまがくださったのよ。でももういらない。あなたからの贈り物なんですってね」

彼女は庭へとそれを投げた。

「あなたの存在が邪魔なの、ねぇ、消えてくださらない？」

木蘭は口を固くつぐんだ。開けば、彼女を罵倒するだけでなく、その自慢の顔を平手打ちにして打ち負かすことは容易いだろう。そうなれば、女同士の諍いでは済まず、外交問題となる。しかも、身分が下の木蘭が無礼を働いたら、それはすべて彼女の責任になるのだ。

「ご用はそれだけですか」

「ええ」

「では失礼します」

木蘭は踵を返した。しかし、嘲るような声が再び木蘭の背にかけられる。

「劉覇さまもわたくしのことを気に入ってくださっている。もし、邪魔をするようなら、あなたを消すことくらい、わたくしには簡単にできるのよ」

「失礼します」

木蘭は大股に歩き始めた。

矜持を踏みにじられた怒りと、結局、劉覇が佩玉を王女にあげてしまったことに対する悲しみ。反論さえできない身分差、あるいは、髪が短いことを笑われた羞恥心が、ぐるぐると頭の中で蠢く。

――劉覇さま……。

彼のことが愛しいのに、もう愛しいなどと想うべきではないのではなかろうか。

国益の前では木蘭などちっぽけな存在でしかない。万という人々の幸せのためなら、木蘭は劉覇を諦めるべきなのではないか。『我、死しても天に背かず』姉からもらった銀の短剣には彼女の信念が刻まれている。それはこういうことを意味しているのかもしれない。

——好きよ、劉覇さま……。

劉覇への気持ちは木蘭の中で明らかだ。

しかし、側室になりたいなどとはあの王女を見たら、ちらりとも思わない。涙は出るけれど、砕けた心の欠片(かけら)を拾い集めるだけの気概くらいは木蘭にはある。彼女は、のしのしと庭へと向かい池のそばの大きな石の上に立った。

「馬鹿！」

誰が馬鹿であるのか自分でも分からなかったが、おそらく悶々(もんもん)としている自分自身に対する罵声だった。そうやって水辺で怒鳴って、息を切らせば、少しは気持ちが落ち着いた。さざ波が消え、驚いた水鳥が翼を羽ばたかせる。

木蘭は柳の木の下に行くと両脚を抱えて座る。梅の花は昨夜の寒さに未(いま)だ凍えていた。

——ああ……。

吐息が寒さで白く濁った。

好きな人と別れないといけないかもしれない現実は、想像以上に辛(つら)い。木蘭は打ちひしがれて、水面を見つめる。どうしてこんなことが木蘭の身にばかり起こるのだろうか。

「木蘭？」

しかし、そこに聞き慣れた男の声がした。

「颯？」

振り向けば、黒毛が美しい狼——いや、王子颯がいた。乗馬に適した絹の胡服を着て、その上から黒い毛皮を羽織っている。

「どうした？　木蘭？」

木蘭は彼の顔を見ると、こみ上げてくる涙を抑えることができなくなった。下まつげで堪えていた涙の雫が、はらはらとこぼれ落ちる。

颯は木蘭のもとに走った。

「木蘭？　どうしたんだ？」

彼は戸惑いつつも、木蘭の背丈に合うように身を屈めて、ぎゅっと抱きしめてくれた。幼いころのままの優しさと草原の匂いに彼女は安堵する。

「颯……」

「木蘭？　どうした？　なにがあった？」

「どうして、世の中はこんなに理不尽なの？」

彼は和親のことだとすぐに悟ったようだった。木蘭と劉覇が許婚であるのは、幼い頃に何度か言ったことがあるので、彼も忘れてはいないだろう。

「すまない。僕にもっと力があれば、こんなことにはならなかったのに」

「颯のせいではないわ」

「木蘭を不幸にしたくはない」

彼は一度、木蘭の両腕を摑(つか)んで彼女を見つめてそう言うと、再び抱きしめた。

「すまない、木蘭。僕と僕の国のせいだ」

「あなたのせいではないわ……」

「梁王はなんと言っているんだ？」

「劉覇さまとはなにも話していない。でも劉覇さまがどう思おうと、和親がなされれば、わたしたちはもう一緒にはいられないわ」

「重臣の中には反対している者が少なからずいると聞いている」

「皇后陛下が生きていれば、こんなことにならなかったと思うけれど……劉覇さまだけではきっと和親賛成派を抑え込むことはできない」

颯は木蘭を石の椅子の上に座らせた。

「君はどうしたいんだ？　梁王の側室になるという選択はないのか」

「わたしは……わたしは劉覇さまと一緒にいたい。でも側室には絶対になりたくない……皇帝陛下は他の諸侯王の妻にすると言っていて、いろいろ複雑なの」

颯が木蘭の手の甲を撫(な)でた。そして手を取ったまま、瞳(ひとみ)を揺らし、言い迷うように地面を見つめてから顔を上げる。

「なら、木蘭、僕と一緒に匈奴に行かないか」

木蘭は意味が分からず長いまつげをまたたかせた。

「どういう意味？」

「匈奴は漢の宮殿のように堅苦しくない。気が向いた時に馬に乗って草原を駆けては風を感じ、丸焼きにした羊肉を皆で囲んで手づかみでがやがや食べるんだ。木蘭はしきたりとか、儀礼だとかに縛り付けられずに暮らしていける」

「颯？」

「君は自由に生きられる。ただ一人の女として幸せになれる」

木蘭は瞳で彼に問うた。

「だから……つまり……僕と結婚しないか」

「求婚しているの？」

「ああ……そうだよ、木蘭。ずっと――子供のころから君のことが好きだった。妻にしたい。君が来てくれるというのなら、僕は絶対に側室を持たない。約束する」

木蘭は驚いて言葉もなかった。そんな風な目で彼を見たことが一度もなかったから、申し出はひどく突然に感じられた。

しかし、多少であるが、幼なじみの申し出に心惹(こころひ)かれ感謝もした。彼女は消えてしまいたいほど、今ここにいるのが辛く、優しい言葉を欲していた。劉覇を忘れ、彼と会わないためなら、匈奴に行くというのは、魅力的な申し出でもあった。

それに自由に生きられるという言葉を、元来、しがらみを嫌う木蘭は聞き流すことができなかった。話に聞くどこまでも続く蒼い草原と、白い雲の浮かぶ真っ青な空も見てみたかったし、颯は気の置けない友達で知らない劉覇の兄たちよりずっといいように思えた。

「ありがとう、颯」

「じゃ、一緒に匈奴に来てくれるのか？」

木蘭は首を振った。

「わたしの婚礼は、もうわたしが決めることができないわ。政治が絡みすぎている。陛下の意向もあるし、黎一族の希望もある。お父さまが亡くなって我が家は叔父が継いでいるの。我が儘を許してくれるとはとても思えないわ」

「でも、君の意思は？　君は自分の一生を左右することを人に従うような人じゃないだろう」

「わたしの意思？　そんなものはなにも意味しないわ。だから世界は理不尽なのよ」

颯の顔が悲しく歪んだ。

「和親は、匈奴の王女と梁王とではなく、慣習通り、単于と漢の公主にすべきだったものなの」

「陛下には未婚の娘はいないし、漢の公主は後宮の宮女や女官を公主に仕立ててなるんだ」

颯がじっと木蘭を見た。

「君は女官で、僕は右賢王の息子だ。政治的にも悪くない組み合わせだ。違うかい？」

「……匈奴の王女と劉覇さまとの結婚はもう避けられないわ」

「だからこそだよ。二人に加え、僕と君がさらに結婚すれば、和親は強固なものになるだろう。僕から皇帝に願い出よう」

「無理よ、そんなこと……」

颯は木蘭を悲しげに見る。

「僕は見ていられないよ、こんな木蘭を。君はいつだって自由闊達に剣を振り回し、男勝りに馬に乗って笑っていたじゃないか。忘れたのか」

「忘れていないわ」

「それなのに、今はどうだ？　この高い塀に囲まれた皇宮の中で、涙を流して窮屈そうにしている。いつか、梁王が皇帝になったら苦労の後宮住まいだ。女の争いをして、梁王の愛を奪い合って暮らし、結局は忘れられて怨嗟の詩でも詠んで暮らすんだ」

木蘭は反論できなかった。

そしてそんな未来を想像して、瞳に涙を溜めた。颯がそれに慌てた。

「ごめん、木蘭。泣かせるつもりはなかったんだ。きついことを言ってごめん」

彼は親指で木蘭の涙を拭い、彼女をもう一度抱きしめた。

木蘭は、その優しさに我慢できずに彼の胸の中で泣いた。

思い通りにならない現実と、初めての恋が砕かれる現状、残酷な世間にも絶望していた。そして劉覇との結婚から身を引くべきだということが、自分の中で結論づけられつつあることが心の底から切なかった。

「ごめんなさい。今はいろいろなことがあってなにも考えられないの。求婚の答えはとてもすぐには出せないわ」

「当然さ、ゆっくり考えてくれ」

「ええ」

木蘭はなんとか笑みを作ると頷いて、心配げな面持ちの男に背を向けた。

――わたしはどうすればいいの？

木蘭は、神仙殿を見た。

5

「ごめんなさい、遅くなって」

「かまいませんわ」

神仙殿に戻ると、木蘭はまず初めに長い間、仕事を放りだして外出していたことを伊良亜に謝った。彼女は気にしている様子はなく、皇帝も上奏文を読んでいた。しかし、伊良亜の顔はなぜか険しい。

「なにかあったの？」

「陛下のお気に入りの水差しがないとのことです」

「水差し？」

「西域のもので、紫の玻璃(はり)でできているそうです」

「そんなの見たこともないわ」

皇帝の水差しなど千も二千もある。倉庫に行けば見つかるだろうか。しかし、伊良亜は首を振る。

「ある場所は分かっているのです」

「どこ？」

「清涼殿です」

「清涼殿？」

「清涼殿の書斎にあるらしいのです。封印されていますし、幽霊が出るなどともっぱらの噂なので、皆怖がってそこに近づかないのです。いかがいたしますか」

清涼殿といえば、皇帝の夏の居所で、皇帝とともに公孫槐が暮らしていた。血の晩餐が夜な夜な行われ、多くの人間が切り刻まれて殺された場所でもある。皇帝の命で勝手に入れぬように封印された上、兵士に出入りを厳しく取り締まらせている。とはいえ、もう殭屍はいない。それに昼間でもあるので、なにも怖がることはないように思った。

「わたしが行って来るわ。皇帝陛下のことを頼んでいい？」

「かしこまりました。清涼殿は立ち入りを禁じられているので、許可書を持って行ってください」

「わかったわ」

木蘭は許可を取ると神仙殿を出た。ふいに鐘の音がして、今日は、皇后の葬送の日で、棺が宮殿外に出されることを思い出した。今から行けば、ちらりとでも行列を見て、別れを告げることができるかもしれない。

木蘭は清涼殿とは違う方角、北に位置する後宮に向かう。禁門を出ると、鐘の音が谺し、かすかな鈴の音もする。急いで角を曲がれば、白い葬列は、まさに宮殿を去ろうとしていた。

「待って」

行列の最後尾を視界に捉えた木蘭は自分のことに気を取られて大切な葬送を忘れていたことを後悔し、慌てて追いかける。だが、追いつけまい。息を切らせて足を止め、見上げれば、城壁の上で数人が集まっているのを見つけた。

――あそこからならまだ棺が見えるはずだわ。

木蘭は階段を駆け上って高い城壁の上から宮殿を見下ろした。

――皇后さま……。

総勢、五百人ほどが従う葬列の真ん中に輿に乗せられた棺があり、白い布が被され宦官に背負われて行く。行き着く先は、皇帝が建設中の長安郊外の陵で、そこで静かな永久の眠りにつくことになるだろう。

木蘭は、洟をすすり、空気を肺いっぱいに吸うと、凍える白い息を長く吐いた。

最後に宴で見た微笑が忘れられない。悲しみとこみ上げる殺害者への怒りをぐっと堪え、涙を一粒頬に垂らしたまま跪いた。

大きく袖を翻し、胸の前で手を合わせると、深く一礼をする。涙が、地面をぽつりぽつりと濡らし、とても顔を上げられなかったけれど、木蘭は唇を噛みしめて、顔を上げ、立ち上がると、もう一度頭を下げて、皇后の死を悼んだ。

――大切な人がまた一人亡くなってしまったのね……。

木蘭は、痛む胸を押さえながら、棺が皇宮の門を越えていくのを見送った。残されたのは、空虚な喪失感と、無音の後宮だけだった。

――清涼殿に行かないと……。

すでに一緒に見送っていた人達も引き上げ、木蘭は最後の一人になっていた。彼女もまた重い足を元来た道に向ける。主を失った後宮はうら寂しく、重い空気に圧せられていた。

禁門を抜け、清涼殿に近づくと、今度は別の意味で静かになった。緊張を伴う静けさと言うべきか、宦官や宮女の代わりに武官ばかりが通り過ぎる。

「物々しい警備だわ……」

清涼殿の前には、長剣を帯びた武官が門の前だけで三十人もいる。中を窺えば、手入れを半年していないだけで、柱にほどこされた彩色が剝げている。華やかな宮女がいないせいで、暗い影が漂っているようにも見えた。多くの人が死んだ場所であるし、幽霊が出るともっぱらの噂であるので、不気味に見えても不思議ではない。

「何者だ。立ち入りは何人も禁じられている」

兵士が剣を掲げて止めた。木蘭は怯むことなく答えた。

「神仙殿の皇帝陛下付きの女官、黎木蘭です。皇帝陛下のご命令で水差しを取りにまいりました」

木蘭は許可書を見せた。

「これは失礼いたしました」

木蘭は黙礼だけして、黄色い符の貼られた綱を潜って中に入った。兵士がついて来てくれる様子はない。

前庭には草が生い、人影がない。

階段を上って宮殿に上がると、掃除されていないため埃があちこちに落ちていた。廊下に飾られていた花はそのまま朽ち、黒漆に金を象嵌した屏風は床に倒れたままだった。

木蘭が書斎を見つけ、そっと戸を開ければ薄暗く、かび臭かった。

中に入った瞬間、ひやりと冷たい風が吹き、戸がそれで勝手に閉められてびくりとする。

「早く水差しをとって帰ろう」

木蘭は自分にそう言い聞かせると、部屋の奥に入る。誰の血だか分からないもので床は黒ずんでいた。木蘭はそれを見ないようにして、玉簾の向こうにある机の横に立つと部屋を見回した。

――あった！

硯の横に紫の玻璃の水差しがあった。深い紫の色は闇の中でも怪しく光を集めて浮かび上がって見えた。木蘭は水差しを抱きかかえると、そのまま部屋を大急ぎで出る。

胸がドキドキした。

殭屍はもういないと分かっているが、早く立ち去りたかった。

しかし、その足が奇妙な戸の前で止まる。

「なにかしら？」

そこには戸にも黄色い符が貼られていて封印されている。

――公孫槐の部屋だわ。

木蘭はすぐに見当をつけた。

彼は皇帝とともに清涼殿に住んでいた。だからどこかに公孫槐の部屋があるはずだとは木蘭も思っていた。

「なにか分かるかも……」

彼女は怖くはあったが、好奇心も旺盛な娘だ。爪の先で黄色い符を剝がし、そっと戸を開けてみる。日は差さないように窓に板がはめられているので、戸から差し込む光だけを頼りに木蘭は中に足を踏み入れる。

西域風の机に椅子、脱いだ上着が、椅子の背にかけられたままになっている。彼が好きだった丹桂の香りが、まだかすかにした。漆の棚があり、瑟がその上にある。飲みかけの血の痕が碧色の玉の杯に残って乾いていた。

木蘭は机の上にあるものを見た。

硯と筆。描きかけの百合の絵。

木蘭は机を漁った。公孫槐と銀貨になんらかの関係があると木蘭は睨んでいる。関わりを示すものはないかと思ったからだ。しかし、早くここから立ち去らないと、兵士が不審に思って見に来るかもしれない。

木蘭は一番上の引き出しを開け、とくに珍しいものがないのを確かめると、次のを引いた。手を奥に入れた時、なにかが木蘭の肌に触れた。

「これは？」

引き出しに入っていたのは、黒翡翠の首飾りだ。小さな黒い石を繋いだもので、間を金の鎖で留めている。その先端にある金の飾りは、明らかに西域の代物で、公孫槐が身につけていたと思われる品だ。木蘭は恐る恐るそれを光の下で見た。

「銀貨にあった火の印だわ」

銀貨と同じように火の印が上下逆に付けられていた。

木蘭はどきりとした。

やはり皇后の殺害には公孫槐がなんらかの形で関わっている。つまり、殭屍の脅威が迫っているのではないか。

——大変なことになるわ。

木蘭は、懐に翡翠の首飾りをしまうと、水差しを手に走り出した。

6

木蘭はその足で東郭研のいる天禄閣へと急いだ。

「中書令さま！」

木蘭が戸口で叫ぶと、一階にいた東郭研が、書棚の間から顔を出した。

「黎女官ではないか。どうかしたのか」

「大変です、これを見てください」

木蘭は清涼殿から持ち出した首飾りを見せた。遠目でもそれは西域のものだと分かったのだろう。老人は恐ろしい速さで走って来ると、戸を閉めた。

「どこでそれを？」

「清涼殿です」

「清涼殿から持ち出したのか。あそこは立ち入りができぬはずではないか」

「陛下の水差しを取ってくるように命じられて許可を得ました。そこで公孫槐の部屋をみつけ、封印されたその部屋の中を見てみたのです」

東郭研は皇帝に近い人物だ。公孫槐のことを当然、知っているだろう。案の定、殭屍の祖の名を聞くと東郭研老人は顔色を変え、それを手にとった。そして上下逆になっている火の印を見ると真っ青になる。

「まずい。これはまことにまずいぞ」

「銀貨に書かれた文字の解読は進んでいますか」

「西域の書物は限られているからまったく分かっておらぬ。それにどうやら安息は複数の言語を使っておるようだ」

「そんな……」

老人は首飾りを木蘭に返しながら言う。

「しかし、案ずるな。安息の言葉が分かるという商人をみつけた」

「どうやって？」

「さほど、むずかしくはない。皇帝陛下は西域の書物を集めておられる。つまり、売る人間がいるということじゃよ」

「なるほど。さすが東郭中書令さまです」

「ちょうど神仙殿にそなた宛ての使いを使わすところじゃった」

東郭研は竹簡の切れ端を渡した。商人の名前と会える店の名前が書いてある。宮殿の外に行かなければならない。

「しかし、その者は漢の言葉を話さぬ」

「じゃ、どうやって翻訳してもらえばいいのですか」

「その者は大月氏（ダイゲッシ）の言葉を解するらしい。大月氏からの品も卸したそうだからな。大月氏の言葉を解する者を捜し出して間に入ってもらえばいい」

木蘭の顔はぱっと明るくなった。

「ありがとうございます。中書令さまのおかげで道が開けました」

「婚姻のことはなにか進展があったかな？」

「いいえ。なにも……」

「それにしてもなぜ、急に匈奴は和親を求めたのじゃろうな。向こうの方が戦は優勢じゃったのに」

「そうですね」

木蘭は打ち切りたい話題だったので、礼を言うと竹簡の切れ端を握って天禄閣を足早に出た。

気持ちは高揚したが、同時にもし公孫槐が本当に皇后暗殺に関わっているのなら大変なことになると思った。劉覇に知らせるべきか。いや、彼に今、会ってどんな顔をすればいいのか分からない。なじるのも違うし、めそめそ泣きたくもない。「破談だ」ならまだしも「悪いが君は側室になってくれ」などと言われたら、死にたくなるほど惨めになるだろう。

「伊良亜、手伝ってもらいたいの」

木蘭は神仙殿に行くと、母が病気だと嘘をついて、外出の許可を取り、伊良亜とともに皇宮を出た。

「大月氏の言葉を話す人を捜さなければなりませんね」

「伊良亜は、誰か知らない？」

「私は皇宮にずっといたので、皇宮の外に知り合いはいないのです」

「それはそうね」

木蘭はとりあえず、その安息の言葉が話せるという男の許に行くことにした。店は東市にある有名な西域の物品を売るところだ。高価なものばかりなので、木蘭は入ったことがない。入りづらいが、木蘭と伊良亜は敷居を跨ぐ。

「いらっしゃいませ」

五十代ほどの小太りの店主が二人を迎え、愛想良く近づいて来た。

「客ではないのです。東郭中書令さまから、陳敬さまという人を紹介されました」

「陳敬さまですか。伺っております。なにか質問があるとか」

東郭研の名前を出されたら頼みごとを聞かないわけにはいかないようだった。丁寧に奥に通されて、木蘭は赤毛の男を見た。「陳敬」という漢人の名は便宜上のものなのだろう。あきらかに西域、それも伊良亜よりもずっと西の人だと思われる、大きな鼻に太い眉、薄い唇、そして背は恐ろしいほど高い人物だった。西域の奇妙な織りの衣からは胸毛が露わになっていて、思わず木蘭は目をそらした。木蘭と伊良亜の二人はぎこちなく微笑んだ。

「残念ながら、客人は漢の言葉が話せないのです」

聞いていた通り、安息の言葉が分かる唯一の人は漢の言葉が分からなかった。店主がすまなそうな顔をする。

陳敬と呼んでいるのも、案の定、彼の本当の名前が分からないからなのだそうな。ふらりと西域のものを持って、行き倒れ寸前で長安に現れ、この店に品物を卸し、客分として滞在しているのだという。そういう西域の人間は少なからずいて、店主は言葉が通じないのも多少習慣が違うのも気にせず、食事と寝床を与え、珍しい品を買い入れるらしい。

「あの、大月氏の言葉が分かる人を誰か知りませんか」

木蘭は西域通である店主にだめもとで尋ねる。店主は首を傾げる。

「そうでございますねぇ」

「どんなことでもいいので教えてください」

店主は腕組みをして考えて、はっとひらめいた瞳をした。

「元衛尉の魯さまのところの使用人は、衛尉さまが西方を旅した時、大月氏から連れてきた者だと聞いたことがあります。その者に会われては？　ただ、その者も漢の言葉を解しません」

「それは困ったわ」

木蘭は明らかに壁にぶつかった。しかし、店主は伊良亜を見るとにこりとする。

「たしか、楼蘭の言葉を話せたと思いますから、こちらのお嬢さんに訳してもらったらいかがですか」

「それはいい考えです」

さすが西域通。伊良亜の顔から出身地を当てた。

「ただ、その方は字が読めるとは聞いたことがありません」

「陳敬さまの言葉を翻訳してもらうだけなので、文字は読めなくて大丈夫です」

「では陳敬さまを一緒にお連れください。協力してくれるはずです」

店主は親切に店で働く少年を魯家への案内役につけてくれた。安息人の陳敬は理由が分からぬまま店から連れ出され、戸惑っているようだったが、木蘭が微笑むと、警戒を解いた。

「西域と言ってもいろいろな人がいるのね」

木蘭は伊良亜に言った。

「たくさんの国があり、言語があります。長安では私も陳敬さまも同じく『異族』と呼ばれますが、私と陳敬さまはまったく違う国からやって来ています」

木蘭は頷く。

「陳敬さま、お腹は空いていませんか？　なにか買いましょうか」

木蘭は豚肉を指さして尋ねたが、彼は手を振ってそれを断り、代わりに飴を指さした。木蘭は伊良亜に頼んで四つ買ってきてもらうと、陳敬と案内の少年、伊良亜と歩きながら食べる。

「悪い人ではなさそうね」

「安息からここまで来るというのは尋常でない苦労をしたことでしょう」

「商人は逞しいわね」

木蘭が見上げると、飴をさして陳敬はなにかを言った。どうやら美味いと言っているらしい。その笑顔が子供のように穏やかなので、街の人が彼を物珍しそうに見るのも木蘭は気にならなかった。

「ここです」

やがて、案内の少年が立ち止まったのは、魯府と書かれたなかなかの門構えの邸だった。

「ありがとう」

木蘭は心付けを少年に渡すと、門番に近づいた。

「あの、私は皇帝陛下付きの女官、黎木蘭と申します。ここの使用人に大月氏から来た者がいると聞いたのですが会わせてもらえませんか」

門番は、木蘭を見、そして伊良亜と陳敬を見た。そしてなにか西域に関わる用件だろうと察したのか、門の中に通してくれた。

「女官さま」

魯家の家宰が現れ、木蘭に深く頭を下げる。

「主は留守にしていますが、今日はなにか、陛下からのお使いでございましょうか」

「いいえ、個人的なことを頼みたいと思ってお訪ねいたしました。大月氏の人に会わせてもらえませんか」

「もちろんでございます」

そして現れたのは浅黒い顔の男だ。ぎょろりと目の玉が出た顔で、顎が出ている。困惑顔で、自分の名前がヴィマだとたどたどしい漢語で名乗る。そして見慣れぬ西域人が何者か探るように見た。四人は家宰の勧めで、庭の園亭に座った。

「伊良亜、訳してくれる？」

「もちろんです」

木蘭はヴィマを見た。

「実は、あなたが大月氏の言葉が分かると聞いて訳して欲しいんです。これを見てくれませんか」

見せたのは、安息の銀貨の写しだ。

陳敬がそれを見て、懐かしそうに瞳を細めると、知っていると身振りで示す。

「ここになんて書いてあるか分かりますか？」

木蘭の言葉を伊良亜が言い、ヴィマが陳敬に伝える。陳敬は見えにくい銀貨の写しを丁寧に見て答える。それを数度、翻訳した。もどかしいが、木蘭は、身振りも加えて話す三人を眺めているしかない。やがて、伊良亜が真剣な眼差しで木蘭を見る。

「これには、『ダエーワ、悪魔の王　アルサケスに悪をなす』と書かれているそうです」

「不気味な言葉が刻まれているのね。それにダエーワとアルサケスとはなんですか」

伊良亜が訳し、ヴィマが訳す。彼は首を振った。ヴィマが言い伊良亜が答える。

「安息の信仰ではダエーワは悪魔の名前だそうです。そしてアルサケスは安息のことだそうです」

「悪魔……」

「そう呼ばれた王子がいたそうです。血に溺れた王子が、彼の国にいたのです……」

伊良亜が真剣な眼差しで木蘭を見た。彼女は恐る恐る尋ねる。

「血に溺れたってどういうこと？」

伊良亜の青い瞳に畏怖が現れていた。

「若い娘たちの血をすすり、男たちを殺して血の饗宴を催した悪魔のような男で、父親を殺し、国の実権を得ようとしました。数日、王にもなりました」

「……その人はどうなったの？」

「何百年も前のことなので、国を追われたということしか陳敬さまはご存じではありません」

「まさに公孫槐のような人ね」

銀貨に刻まれている顔はあの殭屍の祖に似ている。やはり、公孫槐が皇后暗殺に関わっているのではないか。これは皇帝に報告しなければならない。木蘭は二人の異国の男に深く礼を言い、皇宮へと急ぐ。

そしてふと思い出したのは、東郭研の言葉だ。

『それにしてもなぜ、急に匈奴は和親を求めたのじゃろうな。向こうの方が戦は優勢じゃったのに』

なぜだろう。

匈奴に関わる資料はどこにあるのだろうか――。

7

木蘭たちが皇宮に戻った時にはすでに日が暮れていた。

皇帝は冴えない顔の木蘭を不思議に思ったようだった。

「どうしたのだ」

きっとまた劉覇のことを悩んでいると思ったのだろうが、今日調べた銀貨と公孫槐の話をすると、皇帝は眉を寄せる。

「公孫槐は、劉覇と皇后が殺したのではなかったのか」

「生きているような気がするのです」

「うむ」

老人は白く長い髭を撫でながら考える。

「どうか、陛下。この件を正式に調査するようにお命じください。ことは殭屍が関わっているかもしれないことなのです」

「だが、殭屍に関することはすべて劉覇に任せるという勅書をすでに書いておる。他の者に調査を命じるわけにはいくまい。劉覇を召すべきかな、木蘭。しかし、そうすれば調査は公のものとなる。殭屍の問題は、できるだけ密かに行うべきであろう」

「それでしたら、わたしが劉覇さまに申し上げます」

木蘭は言ってから、それでは自分が避けている劉覇に会わなければならないことに気づいて後悔したが、言ってしまったものは仕方ない。皇帝が髭から手を離した。

「そうしたければ、そうせよ」

「感謝します、陛下」

「ところで、和親はどうやら決まりそうだ。そなたは劉覇との結婚は諦めよ」

面と向かって心の準備もなく結婚が潰れそうなことを知らされ、木蘭は一瞬、呼吸ができなくなった。皇帝がその様子を見て気遣う声音になった。

「朕が他によき相手を探してやるゆえに、案ずるな、木蘭」

木蘭はありがとうございますと言うべきか、あるいは反論すべきか分からなかった。黙っていると、皇帝の手が伸びて木蘭の頭を撫でた。

「そなたはよい娘だ。朕にも精一杯、仕えてくれている。そなたのことは考えているから、任せておけ」

「はい、陛下」

木蘭は言葉を絞り出した。

皇帝は「さがれ」と手を振った。木蘭はすぐに部屋を後にすると、新鮮な空気を吸いたくて神仙殿の外に出る。雪がちらついていたが、かまわず階段を下がって歩き出す。肩に雪が積もるのも気にせず、巨大な門を出た。

目的地はなかった。皇后が殺された禁苑には行く気にはなれない。豪奢な麒麟殿か、あるいは金華殿に雪が積もるのはさぞや美しいことだろう。雪の未央宮はどこよりも孤独であるが、皇帝の贅沢な神仙趣味のおかげで美意識を凝縮した場所だった。

はらはら雪が降るのを見上げれば、高殿があり、明かりを絶やさぬようにそこにゆらゆらと揺れる灯が幻想的である。

「はぁ」

手に息を吹きつけてさすった。

そして木蘭は、張八子に話を聞いてもらおうと思いつく。姉の秋菊とは友人だった側室の一人の彼女なら嫌がらずに木蘭の悩みを聞いてくれるだろう。夜もそう遅くはない。木蘭は行くところが決まると、足を速めた。

掖庭殿あたりに行くと、ちょうど皇后の祭壇に祈りを捧げて来た帰りであろう白衣の側室たちが、宮女を連れて歩いて来るのが見えた。皇后が崩御したばかりなので言葉少なめに話しているが、以前のような暗い顔ではなく、自然な表情をしている。そのうちの一人が木蘭に気づいた。

「黎女官ではないですか」

張八子だ。彼女は以前とは違う、親しげな目で木蘭を見た。喪中の後宮は薄付きの化粧しか許されないので、いつものように真っ赤な口紅をつけておらず、連日の葬儀もあってか少し疲れているように見えた。

「張八子。ご無沙汰しています」

木蘭は頭を下げた。

「皇帝陛下のお気に入りになったと大変な噂ですよ」

以前は嫌みな人だと思ったが、殭屍のことが片づいたからか、口調は穏やかだ。

「皇后陛下のご命令で皇帝陛下にお仕えすることになったのです」

「陛下のお加減はいかがですか。すっかり後宮のことはお忘れのご様子だけど？」

木蘭は苦笑した。

「陛下はまだ完全によくなってはおられませんが、政務をおとりです。もう少しよくなったら、後宮のことも思い出されるかと思います」

「ご無理をなさらないといいのだけど」

そう言った張八子の心配そうな声音はうわべだけのもののように聞こえた。公孫槐を重用し、崔倢伃を寵愛の末、のさばらせて殭屍の禍を招いたのは皇帝であるので、側室といえどもお慕いはしていないのかもしれない。

いや、もしかしたら、初めからお慕いなどしていないのではないか。

年若い張八子が、祖父ほども年の離れた皇帝を愛する理由はないように見えるし、皇帝が、詩や軽食を届けさせた思いやりのある側室を慮(おもんぱか)ることなどほとんどないから、心が通わなくても不思議ではない。

「よかったら、食事でもしていかない？」

張八子の方から誘ってくれた。

木蘭は喜んで頭を下げた。

「ありがとうございます」

結局、その夜、遅くまで木蘭は張八子の居所で楽しい時間を過ごした。面白おかしく後宮の噂話を教えてくれる彼女の話は幾ら聞いても飽きなかったし、贅をこらした食事もすばらしかった。少し強めの黄酒も飲めば、気分もよかった。

張八子の方も楽しそうに見えた。

しかし、こと木蘭の結婚のことになると、張八子の顔は曇った。

「側室になって欲しいと殿下はおっしゃるかもしれません。でも、うんとは言ってはだめよ。あなたのような人に掖庭殿暮らしは向いていないわ」

「わたしもそう思います。ご忠告感謝します」

張八子は正しい。

劉覇の愛にすがって、いつ召してくれるかわからない人を待って暮らすのは耐えられそうになかった。贅沢はできるかもしれないが、嫌みな後宮の女たちと対峙(たいじ)し、やがて肝心な劉覇に忘れられてしまったら？

木蘭は首を左右に振って、自らの想像を打ち消した。

今日はいろいろなことがありすぎた。こんな風に感傷的に劉覇とのことを考えてしまうのもそのせいだ。死しても天に背かず、それは木蘭の心に留めている言葉だが、天に背く前に己に背いてはならない。和親がどうなろうと、木蘭はそれだけは変わるまいと心に誓う。

「ではそろそろ失礼いたします。楽しい時間をありがとうございました」

「またいらっしゃい。後宮は退屈なところだわ。話し相手はいつでも歓迎よ」

「ええ、ぜひ」

ほろ酔い加減で頭を下げ、送ってくれるというのを断って辞去した木蘭は雪が降る夜の後宮の空を見上げた。

「きれい」

漆黒の天空から気まぐれな白い雪の欠片がはらはらと落ちてくる。道が雪で隠れ、木蘭の足跡だけが、雪面に残っていた。木蘭はそっと肩に載った雪を払い、冷たい風に頬が赤くなる夜道を進んだ。

しばらくすると、前を行く人影が見えた。

「あれは……」

木蘭が暗闇で目をこらすと、紫の衣を着た銀髪の男が次の角を曲がったところだった。

銀髪といえば、この長安広しと雖(いえど)も、公孫槐しかいない。白髪と見間違えたのかもしれなかったが、あの長身の背格好、そして優雅な歩き方は、彼しかいない。さらに男は髪を結ってはいなかった。掖庭殿は後宮で、男がいるのもおかしいし、髪を結わないで歩き回る宦官(かんがん)などいない。皇后の喪中であるので、白衣を着ていないのもおかしい。

木蘭は走った。

彼はさらに次の角を曲がる。

木蘭はもっと気をつけて後をつける。

「いない……」

しかし、見失ってしまった。

前は行き止まりの倉庫だ。燎火(かがりび)が一つ燃えている。異常は見られない。木蘭はがっかりして戻ろうとした。

「どういうこと？」

彼女は踵(きびす)を返す前に扉についている青銅でできた舗首(ドアノッカー)を見つけた。それが火を逆に描いた文様になっている。これはなにか手がかりになるのではないか——。木蘭は警備がいないことをいいことに扉に近づいた。

しかし、黒い気配を感じて身震いをする。

——誰かに見られている……。

後ろを振り返り、辺りを見渡したが人の姿はなかった。

あるのは闇にしんしんと積もる雪だけ。

木蘭は足音を立てないように来た道を戻り始めた。

だが、気配はなおも近づいてくる。

早足になり、いつしか走り出した。

息を切らして必死に木蘭は逃げるも、雪を踏む音が静まり返った夜の掖庭殿に響く。

「木蘭？」

後ろばかり気にしていたせいで、前の誰かにぶつかって、恐る恐る顔を上げればそれは劉覇だった。皇后の葬儀のことで後宮を訪れたのだろう。喪服姿で、銀の剣を帯びている。

安堵(あんど)の吐息を木蘭は漏らした。

「そんなに慌ててどうかしたのか」

「誰かにつけられている気がして……」

劉覇があたりを見回した。

「誰もいないよ。木蘭、なぜ後宮に？」

「張八子の所からの帰りなのです。それで銀髪の男を見て、その人を追っていたんです……」

「銀髪の男？」

劉覇はすぐに公孫槐を連想して、瞳に警戒を宿す。木蘭は彼の腕を引いた。

「わたし見つけたんです。皇后陛下が殺された現場に落ちていた銀貨と同じ印のある舗首を」

「舗首？　そんなものがどこにあるというんだ？　木蘭」

「倉庫です。ここから遠くはありません」

「では見に行ってみよう」

木蘭は劉覇を倉庫に案内した。それは後宮の掖庭殿の隅にあり、穀物や道具等をしまう倉庫群の人気のない場所だ。劉覇すらここにその倉庫があることを知らなかった様子で、「いつの間に？」などと独り言を言う。

「あれです、劉覇さま。あの舗首です」

「たしかに、銀貨に描かれていたのと同じ印だ」

「崔倢伃が建てさせたのでしょうか」

「その可能性は高いな。目立ちたがり屋の崔倢伃にしてはいささか建物が小さいが」

崔倢伃は公孫槐の協力者だった後宮の最高位の側室だ。同じく殭屍(キョンシー)で、彼女が後宮の秩序を乱し、混乱に陥れ、最終的に劉覇と木蘭が夏に退治した。

「行こう」

劉覇は建物に近づいた。兵士などはおらず、静まり返っている。そっと扉を押すと鍵(かぎ)さえかけられていなかった。二人は警戒し、気を張り詰めると、敷居を跨(また)いで中に入る。

「お前は?」

入り口のところに明かりが一つ、机の上で点(とも)っており、そこで青白い顔の宦官が帳簿を付けていた。男はこちらを見て、劉覇に気づくと立ち上がって丁寧に頭を下げた。

「梁王殿下」

「挨拶はよい。ここはなにを納めている場所か」

男は、無表情でちらりとこちらを見た。

「主に、陛下から後宮の側室方に下された品をお預かりしております」

「うむ。いつ建てられたものか」

「春に命じられ、完成したのはほんの十日ほど前のことです」

「聞いていない」

劉覇は後宮に来たとしても掖庭殿ではなく、皇后のいる椒房殿の方へ行くし、後宮は彼の管轄ではないので、知らなくても当然だろう。しかも皇后が亡くなられて後宮は統率を失っている。生きていた時の皇后とて側室たちのために作られた小さな倉庫にそれほど興味を示さなかったのかもしれない。

劉覇はそれだけ聞くと明かりを手に取って棚の方へと歩き出す。手のひらに載るほどの小さな箱から男数人で運ばなければならないほどの大きさのものまでさまざまな箱があった。ただ管理は行き届いておらず、箱は乱雑に棚に重ねられている。

木蘭は木札を見た。亡き崔倢伃の名が書かれていた。皇帝が彼女に下賜したものだろう。そして木蘭はその棚を見上げた。うずたかく積まれたものすべてに崔倢伃の札が付けられている。

「崔倢伃が所有していた下賜品だ。これだけあれば倉庫ではなく宝物殿だ」

皇帝が、寵愛していた崔倢伃にこれだけの品を与えていたのだと思うと木蘭は、呆れてしまう。

「信じられないな」

劉覇が箱を開け、中から金の壺を取り出しながら言った。彼も白い貌をさらに青くしていた。しかし、それだけではない。振り返って後ろの棚を見ても、その隣を見ても崔倢伃の名ばかりがあった。

「ここには他の側室の品はない。崔倢伃のためだけの倉庫だ」

劉覇はそう断言した。

木蘭も反論することはない。

幾つか、箱を開けたが、高価な金や銀、玻璃、玉があるだけでなく、珍しい西域の装飾品や織物、置物などまであり、漢軍が大宛に遠征した際に持ち帰ったものがここに納められているのが分かった。推測通り、崔倢仔が作らせた倉庫だろう。

「一国の財宝がここにある」

劉覇の言葉に木蘭は恐れた。もし、崔倢仔を退治しなければ、財宝どころか、この国のすべてが殭屍の手に渡っていたところだった。

「ここにあることが分かってよかったです。明日の朝にでも、国庫に戻しましょう」

木蘭がそう言うと、劉覇も同意する。

「木蘭」

低い劉覇の声が名を呼んで、今まで避けてきた目線が一瞬合わさった。愛おしそうな瞳に、木蘭の心臓がどくんと大きな音を立てて高鳴る。もめてから初めて彼と会う。劉覇の視線は以前の彼のものと全く同じだった。そして、木蘭の気持ちもまた変わらないのを悟る。

「ありがとう、木蘭のおかげだ」

「お役に立てて嬉しいです」

木蘭は赤面した。

「しかし、なにゆえ、このように不用心なのだろう……」

「ええ。変ですね」

案じる顔で辺りを見回すと、劉覇が木蘭の不安を取り除こうと明るい顔を見せた。

「財宝が見つかったことを陛下にご報告すれば、さぞや喜ばれることだろう」

「いつご報告するのですか。江中常侍さまに申し上げて、明日の朝、陛下にお会いできるように手はずを整えましょうか」

心は急ぐが、おそらく皇帝は、すでに寝ている。劉覇は首を振った。

「心配ない。実は、謁見をすでに明日の朝一でできるよう願い出てあるのだ。今日、匈奴が我が国の捕虜を返還することに合意したので、明日、皇宮に連れて来る。その時にご報告しようと思う」と言った。

「二重の吉報ですね」

劉覇は微笑んだまま頷いた。きっと皇帝は彼を賞するだろう。彼は特段、金や名誉を欲しがる人ではないが、劉覇の努力に見合うだけの評価はされるべきだった。

「では、そろそろ行きましょう、劉覇さま」

雪も降っている。劉覇は明日の朝の支度もしないとならないだろう。

木蘭は気を利かせて言った。

ところが、彼の背の向こうで明かりを掲げていた宦官が静かに無表情のまま後ずさりするのを見ると、木蘭は違和感を覚えた。「どこに行くの？」と宦官に問う瞳を向けた。

「火の印」

その理由はすぐに分かった。宦官の腕に火を逆にした印が文身されているのが、めくれ上がった袖から見えたのだ。木蘭は追いかけようとして劉覇に止められた。振り返れば、劉覇は驚愕で目を見開き、木蘭の肩を摑んでいた。

「棺だ」

木蘭は劉覇を見た。彼は恐怖に引きつる顔で彼女を揺すぶった。

「棺だ！　木蘭！」

木蘭もゆっくりと振り返った。

そこで彼女が見たものは、黒い棺――。

――殺されるわ……。

第三章　殭屍(キョンシー)復活

1

棺の山は倉庫の一番奥に隠されるように置かれており、縦に五段、天井すれすれまで棚に積まれている。横にも二基ある。計十基。もし、中に殭屍(キョンシー)がいたのなら、襲いかかってくる。劉覇は叫んだ。

「走れ、木蘭！」

木蘭は言われた通り、走り出す。一刻も早くここを脱しなければならない。

息を切らして扉に行き着いた時、それを押しても動かないことに木蘭は気づいた。ならばと扉を引いてみたがびくともしない。後から追いついた劉覇がそれを思い切り押したが、扉はまったく動かなかった。

「くそっ！　木蘭、閉じ込められたぞ！」

見回しても先ほどまでいた宦官の姿は消えている。木蘭たちを残して扉を閉め、外から閂(かんぬき)をかけたのはあの男だろう。罠(わな)だったのだ。

劉覇は帯びていた銀剣を抜いた。殭屍は札や桃の木の杭(くい)などを恐れるが、銀剣が、一番攻撃に適していた。ただし、胸を一突きにしても動きを封じるだけで殺すことはできず、その頭部を切断し、灰にして初めて完全に殭屍を抹殺できる。

木蘭も銀の短剣を懐から出す。

劉覇は彼女を抱きしめると言った。

「なにがあっても君を守る。いいな？」

「劉覇さま……」

がたがたと黒漆の棺が鳴り出し、半分干からびた官服姿の殭屍たちが現れた。十体だ。それが、床に足をつけたかと思うと、こちらに飛び跳ねながら、近づいてくる。両手は肩の位置でまっすぐ伸ばされたままだ。

半殭屍の劉覇は平気だが、木蘭は少しでも嚙(か)まれれば、自分の意思では動けず、血に飢える下等な殭屍に成り果てる。彼女は恐怖で身が震えるのを感じたが、怯(ひる)みはしなかった。

「後ろにいるんだ」

劉覇がごくりと唾(つば)を飲み込んで言った。

彼とて十体の殭屍を一人で相手にしなければならないのは大変なことだ。しかも、守らなければならない木蘭もいた。

「俺が相手だ」

先に動いたのは劉覇だ。赤い眼が暗闇に怪しく輝く。

彼は剣を先頭にいた殭屍の肩から斜めに振り下げ、首をはねると、次の殭屍の心臓を一突きにして剣を抜く。一瞬の出来事だった。

しかし、数がなにしろ多い。劉覇の額から汗が噴き出し、焦りが顔に見えた。回し蹴りして殭屍の首を折っても、しばらくすると起き上がるのだ。

木蘭は怖がっている場合ではないと思った。

殭屍の一体が木蘭に飛びかかって来た。彼女は鞘から銀の短剣を抜いた。

真っ暗な部屋の中、明かりは一つだけ。

彼女は恐怖で脳裏が冴え冴えしているのを感じる。ぎゅっと銀の短剣を握り締め、殭屍の腕を斬り怯んだ隙にその懐に入って胸に突き刺した。劉覇の長剣がその瞬間、殭屍の首と胴を二つに切断する。木蘭は劉覇ににこりと微笑んだ。足下で殭屍の頭部が崩れて白い灰となった。

「劉覇さま、わたしのことをいい相棒だと思いませんか」

「残念ながらそうは思わない。はらはらしっぱなしだ」

今度は劉覇が殭屍の下腹を斬り、木蘭は別の殭屍の胸を狙った。かと思うと、劉覇と交替し、木蘭は劉覇が相手していた殭屍の胸を銀の短剣で刺し、地面に倒す。彼は、殭屍の頭を切断してから、倒れている殭屍の首に剣を突き刺す。

「後ろだ、木蘭！」

身を翻せば、殭屍が木蘭の首筋を大きな口を開けて噛もうとしていた。

「そうはさせないわ！」

木蘭は躊躇なく、その目を銀の短剣で突き、刃を眼窩の中でぐるりと回した。そして殺意を失った殭屍の腹を蹴り、劉覇の方へと回す。

彼は一体の殭屍を片付けた後によろめいたその殭屍の首を軽々と斬った。

「大丈夫か、木蘭？」

「はい。今のところは」

しかし、そう言ったすぐ後に棚の上にいた殭屍が両腕を広げて劉覇の背に落下して来た。木蘭は別の宦官殭屍がしつこく襲ってきたので、それを助けに行けない。

「劉覇さま！」

劉覇は殭屍に剣を奪われ、地面に落とされた。拾おうとするも、もみ合ううちに剣は遠くに飛ばされる。

劉覇は背にいる殭屍を振るい落とそうとするも前からも殭屍が現れてなかなか思うようにいかない。暴れて棚にぶつかり、頭上から高価な玉で作った鳳凰の置物が箱ごと落下して足下で砕け散る。

木蘭は行く手を阻んでいた殭屍が彼女の首を噛もうとしているのをかわすと、通り過ぎざまに銀の短剣を心臓に突き刺し、髪に挿していた銀の釵を抜いて、劉覇を羽交い締めにしている殭屍の背に飛びついて刺した。

そして彼女は素早く劉覇の剣を拾い、こちらに牙を剝いた殭屍の首を切断しようとした。しかし、身長が低いのと、力が弱いせいで半分しかできなかった。

「貸せ、木蘭」

劉覇に木蘭は剣を投げた。

彼は剣を空中で受け取ると、その落下の力を借りて殭屍の頭を斬り落とした。乾いた頭が飛び、ごろごろと床を転がった。胴は黒い官服をまとったまま床に倒れ頭とともに白い灰と消える。

「助かった。ありがとう、木蘭」

「いえ……」

劉覇は木蘭を庇って立った。

彼女はその背の後ろで辛うじて点っている明かりを見た。

殭屍をいっぺんに焼いて殺せれば手間はないが、閉じ込められている現状では、それは危険だ。自分たちまで焼け死ぬ可能性がある。

木蘭は肩で息をしていた。

疲れは頂点だった。

しかし、座り込んではいらない。

「大丈夫か、木蘭」

「はい。大丈夫です」

木蘭と劉覇は背中合わせになると、二人を囲む殭屍を見た。ゆっくりと切っ先を向けたまま棚の方へと逃げるも、棚の向こうからも殭屍の手が伸びる。木蘭がその手首を斬って、入り口の方へと逃げる。

「行くぞ」

劉覇が言った。

「はい」

彼が半殭屍の力で高く飛び跳ねたかと思うと空中から剣を振り下ろす。殭屍はそれで体勢を崩し、木蘭は床に転んだ殭屍を銀の短剣で斬った。銀が殭屍の肉を焼く臭いがしたのも一瞬のこと。劉覇がそれを灰に変える。

「最後の一体だ」

気を緩めてはならないと木蘭は思った。

なぜなら、その殭屍は武官の官服を来ていたからだ。

赤い眼は殺意に満ち、血に飢えていた。まだ殭屍になって間もないのか、他の殭屍と違い、関節がしなやかであるので、跳ねることなくこちらに近づいてくる。

「久しぶりだな。高武官。郷里に帰っているとばかり思っていたよ」

劉覇の顔見知りらしい。

だからと言って手心を加えるわけにはいかないし、相手はすでに意思がなく返事はしなかった。

彼は剣を構え直すと、まっすぐ前へと進む。剣を振り上げるが、相手に逃げられ、額を狙った手も空振りで避けられる。

相手が殭屍であれ、後ろから攻めないのは、劉覇の美意識なのだろうか。父の黎史成に不利な立場では手段を選ぶなと実戦の戦法を教えられた木蘭には不思議なことだった。

劉覇は明らかに劣勢だった。

「俺が冥界に送ってやる!」

言葉は勇ましいが、相手の武術はなかなかのもので、どんどんと壁に追い込まれて行く。

木蘭は見ていられなくて、銀の短剣を殭屍の背に投げた。その一瞬の隙に劉覇が長剣をその胸に刺し、両手で剣を握って、振るように水平に首を斬る。

頭は棚にぶつかり、床に放置されたままの明かりの横で止まった。殭屍が少し微笑みを湛えて見えたのは気のせいだろうか。殭屍は官服を残して白い灰となって、窓の隙間から流れる風に舞って消えた。

「劉覇さま……」

「俺の護衛だったんだ……」

「まあ……それは……」

「ありがとう、木蘭。助けてくれなければ、倒すことができなかったかもしれない」

木蘭は言葉を探したが、上手くはいかなかった。彼はまた一人、親しい人を失った。平気な顔を無理に作って木蘭に微笑し「怪我はないか」などと聞くが、本当は深く傷ついているはずだ。

「劉覇さま――」

「そのうち羌音が気づく。座って待とう」

劉覇は木蘭の手を引き、身を寄せると自分の上衣を彼女にかけて抱き寄せた。

「木蘭が無事でなによりだ」

彼は微笑み、木蘭はぎこちなくそれに返した。

「ごめんなさい。手出しすべきではなかったです」

「いや、そんなことはない。あの武官とて殭屍として生きたいとは思っていなかった。もし、殭屍になったら斬って欲しいと互いに誓いも立てていた。ただ、なんというか

「……知っている者を斬るのは勇気がいるだけだ」

「お気持ち、お察しします」

「木蘭がいてくれてよかった」

劉覇は彼女の背を撫で、見つめた。

そして体をぎゅっとして、腰を自分の方へ引き寄せる。

「木蘭」

「はい……」

「会いたかった」

彼の言葉は吐息のようだった。

安堵と切なさ、愛情が込められていて、木蘭も恐る恐る彼の背に腕を回して抱きしめ返した。指が彼のがっちりと鍛えられた肩に触れた。

「会いたかった、木蘭……」

劉覇は彼女を離さないまま、艶のある視線で見下ろした。木蘭は長い睫毛を伏せ、彼の大きな手のひらが木蘭の首筋を愛撫するのを感じた。少し乱れた髪、汗ばんだ額、男らしい眉、形のいい爪――彼のすべてが木蘭の心をときめかせる。

「木蘭、口づけをしていいだろうか……」

彼のかすれた声がわずかに震えながら問うた。

「……はい」

木蘭は目を伏せて答える。

劉覇の唇が一度躊躇し、そしてゆっくりと近づくと、唇と唇がかすかに触れ合った。木蘭は見開いたままだった瞳を慌てて閉じ、そのやわらかな弾力に胸がはち切れんばかりにふくらむのを感じる。

——わたしもお会いしたかったです、劉覇さま……。

言葉で返す代わりに、木蘭は彼の大きな手を強く握り返し、永遠とも思える瞬間に全身をその胸に託した。

2

劉覇とは話さないといけないことがたくさんあった。

和親のこと、結婚のこと、王女藍淋のこと。

でも、木蘭は二人きりの倉庫の中で切り出せなかった。

「木蘭」

殭屍と戦ったために箱や割れた玉などが床に散乱している中で、劉覇は木蘭と向かい合った。

「木蘭に謝らなければならない」

結婚がダメになったのだと、木蘭は覚悟した。

「君を不安にさせたことを心から謝罪する。君からもらった贈り物を王女に渡してしまったことも、王女が木蘭を傷つけるようなことを言ったこともすべて謝る」

「どうしてそれを？」

「見ていた者がいて、報告があった」

木蘭は黙って、喉の奥でうずくものを耐える。

「結婚のことも心配させてしまった。ただ、亡き皇后陛下も俺も匈奴とは和親するつもりはなかったけれど、匈奴がなにを考えているのか分からなかったから、探る意味もあり、俺の明確な立場を示せなかった。木蘭に言えば、君の言動でこちらの意が漏れる可能性もあったからそれもできなかったのだ」

「では？」

「内々に和親の打診があった時にすでに断っている。そうしたら今度は、匈奴は王女を連れて皇宮に押しかけて来たのだ」

「でも、劉覇さま。皇后陛下が亡くなって事情が変わったのでしょう？」

劉覇は頷いた。

和親反対派の要を失ったこと、和親賛成派が多数になりつつあること。しかし、皇帝陛下が強く和親を望んでいる姿勢を見せなかったことから、態度を決めかねている者が今も多くいることを彼は説明した。

「皇帝陛下は婚礼のことでなにか言っていたか？」

「陛下は……心配するなと。もし、劉覇さまと結婚できなくても他の諸侯王を見つけてやるからと……」

彼の顔色が悪くなり、木蘭の手のひらを自分に寄せる。

「それで、木蘭はなんとお答えしたのだ？」

「わたしは……わたしは……なんともお答えできませんでした。皇帝のご意向に嫌とも言えないし、感謝するとも言えなくて、黙ったままでした」

彼はほっと息をする。

「それでいい。それでいい、木蘭」

彼は暗く寒い倉庫の中で木蘭を再び抱きしめた。冬の夜にここは冷たすぎる。だが、劉覇のぬくもりが、じんわりと木蘭の体と心に広がって温かにする。

「君を誰にも渡しはしない」

「でも、和親は決まりそうだと皇帝陛下がおっしゃっていたのです」

「もし、和親が決まったなら、俺は太子の位は捨てる」

「劉覇さま！」

「俺が太子になろうとしたのは、皇后陛下の期待に沿うためだった。皇后陛下が崩じられては意味がないし、木蘭を失ってまでそうしたいと思っていない」

木蘭は眉を寄せて劉覇を見た。

「しかし、和親は大切なことです。和親があれば戦がなく、皆が平穏に暮らせるのではありませんか。亡き父の悲願でもありました」

劉覇は首を振る。

「我が国と匈奴は長い戦を繰り返している。和親は常に口先だけのことで、すぐに互いに反故にするのが歴史だ。今、婚姻で再び和親して平和な世が作れるなどと思うのは楽観的すぎる。それに君の父上の悲願は和親ではなく、漢の大勝による平和だ」

「でも――」

劉覇が転がっていた明かりを引き寄せて、それを立たせた。

「おかしいとは思わないか。なぜずっと戦で優位だった匈奴が、突然和親を言い出してきたのか」

「同じことをおっしゃる方がいました」

劉覇は瞳で頷く。

「皇帝陛下の間諜がやがて戻ってくるだろう。詳細はそれで明らかになるだろうが、匈奴は和親を急がなければならない事情があるはずだ。和親と王女との婚礼の是非をなるべく長引かせて、俺はその間に事情を調べる作戦だった。木蘭に話さず、心配をかけてしまった」

「いえ……」

「王女藍淋には情報を得ようと近づいた。だが、事情を知らないのか、口が堅いのか知らないが、じらされただけでなにも得る物がなかった。君からもらった佩玉も悪いことをしてしまった。謝るよ、木蘭」

木蘭は首を振った。

正直、佩玉に関しては簡単に許せないと思っていたことだったが、事情を知れば責めることができなかった。木蘭は懐から銀貨の写しを見せた。

「これは？」

「安息の銀貨です。『ダエーワ、悪魔の王　アルサケスに悪をなす』と書かれているそうです。ダエーワは悪魔の名で、アルサケスは安息のことだそうです。そして悪魔と呼ばれた王子がいて、その人は血をすする宴をしていたそうなんです」

劉覇は火に近づけて銀貨の写しの帛を見た。

「東郭中書令さまに紹介してもらった商人に訳してもらいました」

「つまり、どういうことか？」

「劉覇さまは信じないかもしれないけれど、わたしが考えるに公孫槐が、この悪魔です。彼はなにかの目的を持ってまだこの皇宮にいるのではないでしょうか」

「それはあり得――」

劉覇は否定の言葉を言いかけて、それを途中で呑んだ。なにしろ、こんなところに殭屍の棺が堂々と隠されていたのだ。劉覇が夏にくまなく棺の調査をしたというのにである。協力者がまだ皇宮に大勢いてどこかに隠していたのを、ここが建てられて移動したか、あるいは、最近外から密かに、運び込んだかだろう。

「それにこれを見てください。裏面にある火の印です。これは清涼殿にあった公孫槐の首飾りと同じ印です」

木蘭はそれを懐の巾着から出して劉覇に手渡す。

「なるほどな。殭屍はまだ駆逐できていないというわけだ」

「はい。そもそも公孫槐は皇帝陛下に竈の神を祀れば、不老不死になれると詭弁を弄しました。それで、わたし今、思ったんですが――」

「木蘭、君が言おうとしていることは分かる。竈の神とは火の神のことだ」

「はい」

木蘭はにこりとする。劉覇が首飾りを彼女に返した。

「しかし、銀貨やこの宮殿で見た印は神聖なはずの火の印と逆です。しかも、安息の人たちは偶像崇拝をしないそうです」

「つまりこれは、純粋な安息の信仰とは別の悪の信仰というわけか」

「はい。公孫槐は信用を得るために初めは正当な竈の神を祀ることを陛下に勧め、徐々に悪魔信仰へと移行したのではありませんか」

劉覇は腕を組み、銀貨の火の印を見つめた。

「もし、公孫槐が皇后陛下の死に関わっているのなら一大事だ」

「わたしもそう思います」

「だが、直接手を下したのはおそらく人間だろう」

木蘭は小首を傾げる。

「どうしてそう思われますか、越女官は嚙み傷があり井戸で見つかりました」

「皇后陛下は後ろから首をへし折られていた。長身で力のある、武術に心得のある男でなければ、そう上手くはできない。女官の首も、折れていたとはいえ、嚙み傷は、太医が証言したとおり犬のもので、工作か何かだと思われる。わざわざ井戸に捨てたのは、発覚まで時間稼ぎするためだ」

木蘭は納得がいかなかった。

「公孫槐の協力者の可能性があります。安息の銀貨を落として行ったのですから」

「むろん、その線は捨てきれない。ただ、あの日、あの場所にいることができた男は、皇族、重臣、警備の武官、配膳の宦官、匈奴の使者だけだ。だれが犯人でも問題だ。

なぜなら、皇后陛下を弑した男は俺たちのすぐ側にいるのだからな」

木蘭は身震いした。

劉覇はそれを寒さのためと思ったようだ。木蘭を彼の肩に寄りそわせた。

「案ずるな、木蘭。なにがあっても君のことは守る」

「はい……」

「俺には君だけだ」

指と指が絡まり、心臓が高鳴る。

劉覇の顔が近づき、木蘭は彼の唇を見た。

赤味がかった彼の唇は、ゆっくりと木蘭のふっくらとした下唇へ落ちようとしていた。

彼の瞳が閉じ、木蘭も目を伏せて瞼を閉じる――。

気配がそこまで来ていた。

そっと重なった唇。すぐに離れるのかと思いきや、彼の腕がしっかりと木蘭を支え、舌が口内に侵入してきた。頑なな少女の歯をなだめるようにそれは撫でて開けさせると、彼は木蘭を翻弄した。

どうしたらいいのか分からない木蘭はただされるままとなり、彼のことしか考えられなくなる。

ただ、一度だけ、劉覇の求めに応じるように自らも舌を絡めてみた。

すると劉覇の切ないまでの木蘭への想いが溢れて、止めどなく彼女を深く求め始めた。想いの丈をぶつけられ、木蘭は息もつけなくなって、彼の手を握ったままやがてぐったりとする。

劉覇は、うっとりと彼を見る木蘭を抱きしめていた腕の力を少し抜いた。

「すまない。我を忘れた。大丈夫か」

「はい……」

はいとしか言葉が出ず、恥ずかしくてならない。すると劉覇がもう一度、木蘭を抱きしめた。

「好きだ。君のことが誰よりも」

濡れた唇が、冬の空気に触れひんやりとし、男の親指がそれを拭った。

木蘭は接吻の余韻のある彼を見、自分も同じ言葉で応えようとした。

「劉覇さま、わたし――」

しかし、言葉より早く、扉が勢いよく開いた音がした。そして明かりが自分たちに向けられると、二人は慌てて離れて衿を直す。

羌音だ。二人のそぶりに気づかず、心底ほっとした様子で、

「ご無事でなによりです」と駆け寄って来た。

「間が悪すぎる」

劉覇はぽつりと言ったが、羌音には聞こえず、捜し出せたことを涙ながらに喜んでいた。どうやら武官を二人つれて帰りの遅い劉覇を捜し回っていたようだ。

劉覇は仕方なさそうに肩をすくめると木蘭には優しく微笑み、立ち上がるのを助けてくれた。

「この件を皇帝陛下にご相談しよう」

「それがいいかと思います」

3

もし、公孫槐がこの皇宮にいるのなら、狙うのは間違いなく皇帝だ。

皇后が崩じて以来、玉璽は本来の持ち主である皇帝に戻された。この国の主であるある皇帝は、弱っているとはいえ最高権力者である。彼の権力を奪われれば、誰も逆らうことはできない。とくに今上は若き頃に即位して以来、その長い在位の間に基盤を固めたため、漢のどの皇帝よりも強い力を持っている。

「神仙殿に急ごう」

劉覇と木蘭は皇帝がいる神仙殿へと手を繋いて走り出した。

後宮から神仙殿はそう遠くはない。

二人の脚は軽やかで、疲れなど忘れて皇帝を守らなければと全力で走った。

しかし、掖庭殿を抜けようと、池のある橋を越えて庭の軟らかい土の上に足を下ろした時のことだ。水を含んだ土が泥濘んでいると思うとなにかが木蘭の足を掴んだ。

「なに？」

自分の足を見れば、黒い木の根が彼女の足に絡まっていた。木蘭はそれを振り払おうとしたが、すぐにさっと青ざめる。

「殭屍だわ！」

足を掴んでいたのは木の根などではない。

緑がかった黒い殭屍の手だったのだ。

「木蘭、動くな」

劉覇が剣を払うとその手首を切断した。が、殭屍はそれだけでは死なない。いや、それどころか、無数の手が地面から伸び、復活した殭屍が地面から這い出てきたではないか。あり得ない殭屍の登場に木蘭はぞっとして、一瞬逃げるのを忘れた。

腐ったぼろぼろの官服姿の干からびた殭屍が、本能のままに木蘭たちに向かってくる。まさか、こんなところに殭屍が埋まっているとは誰も思わなかっただろう。

「十体だ」

劉覇が落ち着いて言った。

ここには劉覇と木蘭以外にも護衛が二人と、いささか頼りないとはいえ羌音がいる。倒せない数ではない。しかし、池の中から更に十体が現れると、厄介なことになったと木蘭は思った。これは時間を取られてしまう。

「木蘭！」

運が良い。

ちょうどそこへ、強力な助っ人が現れたではないか。騎馬民族らしい動きやすい衣に毛皮、左衽。髷のない垂らし髪。かれこそ、まさに木蘭の幼なじみ、匈奴の王子颯。

「颯！」

彼は木蘭に近寄ると、素早く彼女に襲いかかろうとしていた殭屍二体の首を立て続けに叩き斬る。木蘭は叫んだ。

「劉覇さま、ここはわたしたちに任せて、皇帝陛下にご報告してください！　皇后陛下が亡くなった今、皇帝陛下が玉璽をお持ちです。なにかあったら大変です！」

「木蘭……」

「迷っている暇はありません！」

彼は悔しそうにしたが、選択肢はない。

「颯殿、木蘭を頼む」

劉覇は、それだけ颯に言うと、後ろ髪を引かれるように背を向け、そのまま夜の闇の向こうに消えて行った。護衛一人がそれにつきそう。

木蘭、颯、羌音、護衛武官が殭屍に立ち向かう。生きる屍はどんどんこちらに近づいて来た。

木蘭は銀の短剣を抜いた。颯がにやりと楽しげに笑う。

「君とまさかまた暴れることができるとは思っていなかったよ、木蘭」

「ふざけないで。あれが殭屍。嚙まれたら終わりよ」

「分かっているさ」

「行くわよ！」

二人は同時に走り出し、殭屍を殺す。

木蘭は回し蹴りで、その顎を砕き、地面に体を落としてから胸を銀の短剣で刺す。

颯は人間としては驚異的な身体能力で素早さを見せ、匈奴の剣で殭屍の首を落とした。

匈奴の男は武芸を尊ぶと聞いたことがあるが、その通りだった。

護衛も慣れたように殭屍を斬り、羌音は、彼なりに喰われないように最善を尽くしていた。

「危ない、羌音！」

木蘭も余裕はなかったが、羌音に襲いかかり、今にも首に喰らいつきそうな殭屍の背を突いた。

「あ、ありがとうございます」

「どういたしまして。大丈夫？」

「今のところ……」

そして気づけば、颯があっという間に最後の一体の頭を切断しているところだった。

木蘭は息を切らして彼のところに行った。

「怪我はない？」

「ああ。これぐらいなんてことない」

「ありがとう。助かったわ」

彼は苦笑をし、手首で額の汗を拭う。木蘭は尋ねた。

「でも、なんで後宮にいるの？」

許可がなければ男は立ち入れない。

「従妹（いとこ）の藍淋のお供さ。掖庭殿のご側室たちに挨拶（あいさつ）に来たんだ。従妹はまだ掖庭殿にいる。僕だけ先に帰ることにしたんだ。女のおしゃべりには付き合いきれないからね」

「たまたまあなたが通りかからなかったら大変なことになっていたわ」

「木蘭の危機にはどこにでも僕は現れるよ」

木蘭は微笑する。

「本当にありがとう」

笑顔が返ってきた。

しかし、木蘭の中で疑問が生まれる。

どうして彼は殭屍は首と胴を切断しないといけないと知っていたのか。皇宮の中でも殭屍の話は禁句だっただけでなく、殭屍の一件はなかったことにされたのに——。

それも彼はかなり慣れたように殭屍を灰に戻していた。彼が素早く鞘に戻した剣は銀剣だったように見えた。本当に「たまたま」ここを通りかかっただけなのだろうか。

「ここは危険すぎる。家に帰った方がいいんじゃないか、木蘭」

「そうね……でもわたしは皇帝陛下付きの女官で、恩義のある皇后陛下から頼まれたことだから、しっかり職務を全うしなければならないの」

彼は木蘭を見た。

「相変わらず、頑固なんだな」

「そうみたい」

「僕は安全な場所にいてもらいたいのに」

「言っていなかったわね。わたしのお父さまとお兄さまは家のちょっと先で殭屍に殺されたわ。どこに危険があるかなんて分からない。そうでしょう?」

「……すまない。嫌なことを思い出させてしまった」

彼は肩をすくめてみせた。

木蘭は、颯の頬に手を伸ばし、殭屍の長い爪がかすって血がうっすら出ているのを手巾で押さえた。彼は木蘭を見つめたまま、その手を自分の手と重ね、彼女の身を引き寄せた。

「僕と一緒に匈奴に来てくれ。危ない目には遭わせない。草原で穏やかに暮らそう」

「颯……」

「木蘭が好きなんだ。梁王よりよっぽど幸せにできる」

長身の彼が木蘭を見下ろした。

優しく愛しみのこもった視線だった。しかし、木蘭は見てしまったのだ。彼女の額を撫でようとした颯の腕になにかが文身されているのを。それがなんであるのか——木蘭は見たことがあるような気がした。

「颯」

だから彼女はその腕を思わず摑んだ。意味が分からず問う視線を向けた颯の袖をめくって腕を目の前に晒した。

「颯！」

そこにあったもの——それはまさしく火の意匠を逆さに描いた文身だった。木蘭だけでなく、羌音や護衛も、驚愕で足が動かなくなった。

「あなた……まさか公孫槐の協力者だったの？」

「木蘭……」

しかし、そこにもう一人現れた。

「秘密を知られたからには、生かしてはおけないわ」

紫の衣をまとった王女藍淋だ。

「颯。だから、さっさと殺してしまいましょうって言ったのに」

長い巻き毛を指先で弄びながら近づき、颯に木蘭たちを殺すように指さす。しかし、颯はそれに躊躇した。木蘭を斬るとみせて、護衛の下腹を斬って倒し、羌音に襲いかかる。木蘭は羌音を助けようと幼なじみに短剣を投げたが、颯はそれを避けた。羌音が落ちた短剣を構え、木蘭は王女と対峙する。

「あなたを許さない」

木蘭は尻込みすることなく王女の顔を平手で殴った。

「今のはこないだの分よ」

殭屍の協力者に、王女だからと言って遠慮する必要はない。

「こちらこそ許さないわ！」

相手は憤ったが、もう我慢しない。木蘭は振り上げられた彼女の手首もねじ上げ、突き放すと、颯に襲われる前に羌音の腕を摑んで走り出す。

——匈奴の使者が殭屍（キョンシー）と繫（つな）がっていたということは、和親はやっぱり嘘だったんだわ！　まずいわ！　劉覇さまと皇帝陛下に知らせないと！

自分の口でなにを見たか伝えなければ信じてもらえない。木蘭は羌音とともに後宮の禁門を抜けようとした。

「あっ」

その時、一陣の風が吹いたかと思うと、木蘭の細い体が宙に浮かんだ。誰かの肩に担がれたと気づいたのは、屋根の上を軽々と男が走っている時。木蘭の顔に拉致（らち）した相手の銀髪がかかった。

「公孫槐……」

やっと木蘭が地面に戻されたのは、禁苑だ。皇后が暗殺された場所からは遠いが、同じ庭の南端にある。

公孫槐は行く手を阻むように石橋にいる木蘭の前に立っていた。肩にかかる細い銀髪が、微風（びふう）にそよぎ、雪の夜に幽玄な美しさを漂わせている。しかし、木蘭は慌てて視線を彼の喉元（のどもと）まで下げる。

「生きていたのね」

彼と目が合うと意のままにされると劉覇から聞いたことがあるからだ。公孫槐は片手を胸まで上げた。

「美しいな、木蘭よ。そなたは姉によく似ている」

公孫槐の声は甘く、甘美な誘惑に聞こえた。

「姉の話はしないでください」

彼の長い爪のある人差し指が木蘭の顎を上げた。

「秋菊は見目も麗しいが、その心も清らかだった」

木蘭は分かっている。公孫槐が、姉の話をして自分を木蘭が見つめてしまうように仕向けていることを。だから、そっぽを向いて決して彼の方を見ない。

「たくさんの人間を殭屍に変えて来たが、秋菊だけは、血に飢えても人の血を飲むことに抵抗し、人であり続けようとした。それは愚かであり、美しくもあった。そなたは秋菊とは違う類いの女だが、その気概は同じように見える」

「そんなことより、わたしになんの用事があるんですか」

木蘭は両腕を組んで言った。彼はそんな木蘭を再び担ぐと、地を蹴って池の畔にある黒色の高閣の二階に飛んだ。ここは集霊台と言われる華山の麓に皇帝が神霊を降すために作った高閣を模したもので、皇帝が公孫槐に操られていた時、血の宴を繰り返していた場所の一つだ。木蘭は黒い柱が不気味なその建物の真ん中に一人で立つ。皇帝に殺された霊があちこちにさまよっていそうだった。

公孫槐は銀色の髪をなびかせて、高欄に座って遠くを見ていた。その背はなぜか孤独に見えた。

「あの……」

「清涼殿から持ち出した首飾りがあるはずだ。それを返せ」

木蘭は相手を睨んだ。が、公孫槐は怯むことなく、木蘭に近づくと懐に手を入れて首飾りを取り上げる。じゃらりと玉と鎖がぶつかり合って音を立てた。

「これは母の形見でな。人に渡していいものではない」

「あなたにも母親がいたのですか」

「くっくっく」と公孫槐は笑った。

「面白い子だ。私が煉獄から生み出されたとでも？」

木蘭には彼がどうして殭屍の祖となったのか分からなかったが、彼もまた人であった時があったのだと思うと妙だと思った。

「悪魔もまた人から生まれてくるとは変だと思っただけです」

「そうか。いや、そもそもどうして殭屍は悪なのだ。どうしてそう決めつける？」

木蘭は一瞬戸惑ったが、すぐに答えた。

「人を殺すからです」

「人間は戦で人を殺す。正義のためならそれはかまわぬのなら、生きるために人を殺すのもかまわぬのではないか」

木蘭は自信を持って答えた。

「それは間違っています」

「そうか？　私はしばらく匈奴で騒ぎを起こしたくなくて我が一族の者たちに家畜の血を飲むように命じた。それでも人間たちは我らを禍々しきものとして扱った」

「匈奴にいたのですか」

彼は振り向き、木蘭は慌てて下を向く。その紫の衣の裾が近づき、そこから西域の革靴が覗くのが見えた。金の鎖の下についている紫水晶の耳飾りが揺れ、低く耳触りのいい声音が続ける。

「人は家畜の肉を喰らうのに、血を飲むことは許さぬのはおかしな話ではないか」

「あなたが、この皇宮でしたことを考えれば、すべてが悪だと言えます」

「それは私がしたことではなく、この国の君主である皇帝がしたことだ」

「それを後押ししたのがあなたです。違いますか。陛下に不老不死になれるなどと偽り、怪しげな薬を飲ませて自分の思うままにしたのではないのですか」

彼は皮肉に鼻の先で笑った。高閣内に飾られている皇帝のお気に入りの、玉製の仙人の像を気まぐれに落として割る。大きな音と砕け散った欠片に木蘭は身を縮めた。

「考えてみよ、木蘭。この国の民は重税に喘ぎ、道端に行き倒れ、追い剝ぎが死にかけた者から奪う。子や女を攫う者は後を絶たず、兵士は戦場で命を落として骨となるまで放置されている。なぜ、人間が正しく、私が間違っていると言えるのか。今上は老いて暗君となり、暗君は歴史が語るように賢君に取り替えられるべきものだ」

木蘭は操られるのを覚悟で顔を上げた。劉覇が皇帝を守る態勢を作る時間稼ぎをしないといけないと思ったからだ。

公孫槐は少し片眉を上げ、怪訝そうに木蘭を見る。ため息が出るほど美しい男だ。女のようでありながら、男らしい魅惑的な紫の瞳を持ち、細い顎でキリリと輪郭をしめている。紅を塗っているのか、殭屍にしては赤い唇だ。首からは木蘭が見つけたのと似た黒翡翠の玉を連ねた首飾りをしていた。もちろんその先端にあるのは火を逆にした印。

木蘭は毅然と言った。

「それで、あなたはなにを為そうとしているのですか、悪魔のダエーワ」

彼はくっくっと再び喉の奥で笑った。

「久しぶりにその名を聞いた。だが、私自身は、悪魔ではなくヴァンパイアと呼ばれるのを好む。西の言葉で血を吸う魔物という意味らしい」

彼は愉快そうに柱を撫でて続ける。

木蘭は睨んだ。

「なにが目的かと聞いたんです。答えてください」

彼女は一歩前に出た。

4

公孫槐は愉快そうに手のひらを木蘭の前で広げて見せた。

「目的？　そんなものは一つしかない。我が永劫の一族が暮らしていける国を作るのが目的だ。私を神と崇める殭屍と人の共存の世界を作るのだよ」

木蘭はやはりと思った。

この人は漢から平和と秩序を奪おうとしている。それは絶対にあってはならないことだ。共存などと言っているが人間は殭屍の餌にすぎない。恐怖で人を支配しようとしているのだ。

「そんなの、あってはならないことだわ」

「人間が世界を支配する時代こそ終わるべきものなのだよ、木蘭。人は、常に互いに争って、利益を貪り、望みを叶えてもさらに求めて厭くことがない。人間は、自分が悪であると気づかぬのが問題で、それならば、私が世界を変えるしかないではないか。皇帝は禅譲し、私に玉座を明け渡すべきだ」

木蘭は顎を上げた。

「『我、死しても天に背かず』そんなこと天が許さないわ」

「たしか――」

公孫槐が木蘭の頬を伸びた爪の先でなぞって微笑する。

「秋菊もそのようなことを言っていたな。あの女は愚かにも、清廉な心に殉じるのが正しいと信じていた」

「心を曲げて生きるより、正しい行いで死ぬ方がずっといいもの」

木蘭は姉の話をすると、心がえぐられそうになった。殭屍(キョンシー)に変異した姉の命を止めたのは、木蘭自身だったからだ。それに、姉を殭屍にしたこの男に懐かしそうに語られるのも我慢できない。

公孫槐は柱にもたれて、興味深そうに木蘭を見た。

「では、私は自ら滅びるべきだと言うのか？　滅ぼされるのをただ待っていろと言うのか？　それは、そなたの正義で、私と同じものではない」

彼は斜めに木蘭を見た。

「命乞(いのちご)いはしないのか」

「しないわ」

木蘭はそれより聞かねばならないことを思い出した。

彼女は柱の前に立った。

「皇后陛下を殺したのもあなたでしょう」

「皇后？　いや、ずっと殺したいと思っていたが、直接、殺したのは私ではないよ。あの女は殭屍に警戒を怠ってこなかった」

「じゃあ、誰？」

彼は嫌みな笑みを顔に浮かべた。

「分かっているくせに聞くな」

「分かっていないから聞いているのよ」

「いいや。認めたくないだけで、分かっているさ、黎木蘭。美しくも愚かな秋菊の妹よ」

木蘭は黙った。

そして一つの答えに行き着いて、「いいえ。違うわ」と否定して首を横に振る。しかし、それ以外に答えが見つからない。

「分かったか？」

公孫槐は近づき木蘭の髪を指で梳く。

「いいえ……」

「秋菊はもう少し正直で頭も良かった」

「……だって」

「そなたの想像は正しい。匈奴はすでに我が手に落ちている。皇后を殺したのは王子颯だ」

「そんなことあるわけ――」

「ないと言えるか。本当に？」

木蘭は泣きたくなった。

幼なじみでずっと信じていた人が、皇后を殺した？　そんなことあってはならなかった。でも、あの文身(いれずみ)が証拠ではないのだろうか。

公孫槐が、木蘭ではなく、秋菊を見るような愛(いと)おしそうな瞳で頬を撫でる。いつの間にか、動くことができなくなっていた。彼の瞳の呪術(じゅじゅつ)にかかってしまったのだ。動くのは口と瞳だけだった。

「放して」

「そなたには二つの選択肢がある。一つは、我が同族となり、私に仕えるか。あるいは、ここで手足をもがれ、目玉をくり抜かれ、舌を抜かれて死ぬかのどちらかだ」

「あなたの思い通りにはならないわ」

にやりと男は笑う。

「そうだろうか……紆余曲折(うよきょくせつ)があっても結局のところ、私はすべてを思い通りにしてきたけれどね」

銀髪の人は自信ありげに木蘭の肩に手を乗せる。

「匈奴を征服するなどたわいなかった。匈奴王は今や、私の言いなりの殭屍で、我が一族は匈奴の家畜だけでなく多くの命を奪い、その中枢を握っている」

「やっぱり」

「改革には血はつきものだ。匈奴は今より豊かな国になる。宮殿を建て、秩序をつくり、西域との交易を増やせば国も潤うだろう」

「匈奴は今のままでも十分すばらしい国だわ」

公孫槐は鼻で笑った。

「私は旅が嫌いでね。遊牧の国は、私好みではない。それに比べて漢はいい。巨大な宮殿があり、秩序立てられた政治体制があり、人は羊より臆病だ。それで？　お前はどうするのか、黎木蘭よ」

彼の顔が近づき、首に手が回されてゆっくりと締め上げられる。それなのに、手足は石となり固まって動かず、抵抗することすらできない。だから、彼の禍々しいまでに美しい紫の瞳の中にある深紅の瞳孔を見つめるしかなかった。

——助けて劉覇さま……。

途切れがちな意識の中で、彼女は許婚の名を呼んだが、助けに来てくれるはずはなかった。彼は皇帝を守るという使命があり、殭屍に勝つためには必要な人だ。木蘭も彼が使命を全うするためなら、死んでもいいと思って、なるべく長く公孫槐を引き止めようと意識が遠のくのを我慢する。

「木蘭、そなたは、我が計画を邪魔した。計画が成功すれば、あと数ヶ月もすれば、皇宮は殭屍に埋め尽くされていたはずだというのに。その報いは受けてもらおう。その命と体で」

公孫槐の牙が木蘭の首筋に近づいて来た。

木蘭は必死に抵抗しようとした。

しかし、一度かかった呪術を解く術はない。彼は色気のある悪戯な視線を木蘭に向けて微笑んだ。

——ああ、お姉さま……。

彼女は目を瞑った。

公孫槐の牙が木蘭の柔らかな肌に当たった。

「木蘭！」

その時だ。

劉覇の声が聞こえたかと思うと、公孫槐の体が大きく揺れ、前屈みになった。そして、彼は鬼の形相で声の主を振り返った。

見れば、公孫槐の背には矢が刺さっていた。劉覇が作らせた銀の矢に違いない。背中に黒い矢羽根が見えた。木蘭は叫んだ。

「劉覇さま！」

彼の一矢のおかげで呪術が解けた木蘭は弓を構える許婚の許へと走った。彼は木蘭を背に隠すと、背筋を伸ばす。木蘭は助けてもらって心底ほっとするが、同時に大きな疑問が湧く。

「どうして助けに来てくださったのですか。皇帝陛下はどうしたのですか」

「皇帝陛下にはたくさん臣下がいる。君には俺しかいない」

木蘭はその言葉にじんと感動した。彼はお役目第一の人だから、きっと木蘭の許に戻っては来られないと思っていた。胸に嬉しさと感動が広がったけれど——木蘭にとって皇帝陛下も大事な人だ。

「お願いです。早く戻って皇帝陛下をお守りください。公孫槐の真の目的はわたしではなく皇帝陛下なのです。禅譲を迫り自分の帝国を作るつもりなんです！」

「心配するな、木蘭。皇帝陛下のお許しはもらっているし、ここで公孫槐を始末するつもりだ。陛下には決して近づけない」

劉覇は公孫槐を一睨みすると、上げていた手を振った。

「やれ！」

いつの間に集まっていたのだろうか。

高閣は弓隊に囲まれており、劉覇の合図で矢が放たれた。公孫槐は袖で矢を払い、華麗に反転してそれを避けたが、劉覇の放った矢は彼の肩に刺さる。動きを鈍くした隙にさらに二本が刺さった。だが、相手は不死身の上に数百年生きて来た男だ。

「舐めるな」

そう言ったかと思うと、身を翻して二階から飛び降りた。

劉覇が叫んだ。

「逃がすか！」

5

高閣の庭に着地した公孫槐を劉覇も高欄を跳び越えて追った。

彼の弓隊は矢の雨を降らし、公孫槐を待ち構えて高閣を囲んでいた銀の矛を構えた武官たちは、勇敢にもかけ声を上げて行く手を遮る。

「ふん。私に勝てるとでも？」

「負ける気はしないな」

劉覇も余裕の笑みを浮かべて剣を抜く。

木蘭は大急ぎで階段を下りた。

男たちの剣と剣がぶつかり合う。殭屍と半殭屍の力だ。火花が暗闇に散って雪の夜に激しい金属の音が響く。

「死ね！」

劉覇が公孫槐の首を狙う。

片足で地を蹴って、公孫槐は後ろに退く。逃げ遅れた銀髪の一房が、刃に触れてはらりと宙を舞った。ふっと殭屍の祖は微笑み、柱を蹴ったかと思うと、今度は劉覇の心臓を狙う。

「あぶない！」

木蘭が叫ぶまでもなく、劉覇は右にぎりぎりに避け、反転すると剣を持ち替えて反撃に戻る。嘲るように口の端を上げた公孫槐は、わざと自分の下腹で剣を受けて、抜くまでに時間のかかる劉覇の頭上に剣を振り上げた。

——わたしもできることをしなければ！

木蘭は、劉覇と公孫槐が近すぎて射ることを迷っている武官から弓を奪うと、公孫槐の後ろに回り込み、二本の弓を同時につがえて放った。

たて続けに矢は公孫槐の背に命中する。

彼は苦々しそうに木蘭を振り返り見たが、劉覇がその隙に剣をすばやく動かして、腕を斬りつけた。公孫槐は、切れた紫の袖を引きちぎると、乾いた唇を真っ赤な舌で舐めて、飢えた目で劉覇に飛びついた。

そして彼の右手をひねり、剣を落とさせると、首筋に嚙みつこうとする。

「劉覇さま！」

木蘭は走りだし、その勢いのまま公孫槐の背に飛びついて銀の短剣を刺した。

「木蘭！」

殭屍の祖の肩越しに劉覇が叫んだ。木蘭はそれに「心配しないで」と微笑んだが、すぐにその体は紙きれのように吹っ飛んで、高閣の柱に肩を強くぶつけた。あまりの痛みに木蘭は呻き、しばらく動けずにいた。

「木蘭！」

劉覇は「許さない」と呟いて、剣を拾い、再び全力で公孫槐にぶつかる。

十字に重なった剣は、すぐに次の一撃を受け止める。劉覇の目が半殭屍の本能のまま赤くなった。その剣の動きは速すぎて、援護の矢を放つのも不可能なほどだ。

「どうしたらいいの……」

木蘭は自問したが、答えは出ない。

しかし、そこに颯が王女とともに姿を現した。やはり彼は公孫槐の味方などではなかったのだ、そう木蘭は思った。文身はなにかの間違いで、きっと事情があるのだろうと――。

「颯！」

木蘭は走りだそうとした足を止めた。

なぜなら、彼の後ろに漢兵――いや、漢兵の服装をした殭屍が百体ほどもいたのだ。

おそらく、劉覇が言っていた匈奴が返還すると約束したという兵士を殭屍に変えてここまで連れて来たのだろう。それには計画性を感じる。

「颯、あなたはやはりわたしの敵だったの？」

「敵ではないよ、木蘭。僕はただ愛国者であるというだけだ」

「どうして、公孫槐に協力なんかをしているの？」

「国は殭屍のせいで散々だ。漢を乗っ取るのを手伝えば、匈奴からは撤退すると約束したから手伝っている」

「馬鹿ね、そんな約束を公孫槐が守るはずはないじゃない」

颯は苦々しい顔をする。

「それでも、それに賭けるしか僕たちにはなかったんだよ、木蘭。祖父の単于も父も伯父もみんな殭屍に変えられてしまった。僕がなんとかしなければならなかったんだ」

彼の声は悲痛で、切実だった。

だからと言って彼のしていることは許されない。それどころか、憎むべきものだ。

藍淋がもどかしそうに柳眉を逆立てた。

「颯、なにをぐずぐずしているの、早く梁王たちを殺さなければ！」

美しく着飾った彼女は、袖を翻して木蘭を指さした。漢兵の殭屍たちが彼女の言葉で一斉にこちらを向く。

「この者たちを殺さなければ、わたくしたちがやられてしまうのよ！」

「少し黙っていてくれないか、藍淋！」

「黙ってなどいられないわ。あなたがこの女に入れ込むせいで計画がめちゃくちゃだわ。公孫槐さまになんて言い訳するのよ！」

彼女は漢兵の殭屍に合図を送り、木蘭たちを襲うように命じた。殭屍たちが一斉に前進する。

「一人残らず殭屍に変えてしまいなさい！」

木蘭は藍淋の言葉に息を殺した。

味方の矢がすぐに放たれ、木蘭を守った。

勇敢な漢の武官は嚙まれることを恐れずに「うおおお」と雄叫びを上げて向かっていった。

しかし、木蘭はまっすぐに幼なじみを睨んだまま動かなかった。

彼も木蘭から目をそらさなかった。

「あなたはこんなことをする人ではないと思っていたわ」

「仕方ないことだ。家族や仲間、匈奴を守るためにはな」

木蘭は首を振った。

「漢に助けを求めるべきだったわ」

「見ろよ！　漢も殭屍に勝てやしない！　奴らは不死身なんだ！」

「そんなことない。殭屍にも弱点がある。他に方法があったはずよ！」

「木蘭、一緒に匈奴に行こう。誰もいない草原を旅して二人だけで暮らせば、殭屍にも狙われない」

「颯……」

「漢は遅かれ早かれ、殭屍の巣になる」

「ここはあなたの生まれ育った国なのよ」

「だが、どうすることもできないじゃないか！　匈奴を救うには故郷を捨てるしかない！」

「漢と協力して戦えばきっと勝てたはずよ」

彼は鼻で笑った。

「晏皇后は正しかった。匈奴と漢の間に和親など不可能だ。建国の時からそうで、どちらかが滅びるまできっとそうだろう。協力し合うには長すぎる不信の歴史が、二つの国にはあるんだよ」

木蘭は唇を噛んだ。

誰よりも勇敢で、誰よりも心優しかった人が、どうしてこんなに変わってしまったのだろう。きっと匈奴はよほど酷いありさまなのだ。長安から殭屍を駆逐した代わりに、隣国が襲われた。人は殺され、家畜は奪われ、単于を含めた上層部は皆、操られた。この国で起こったことがきっと匈奴でもあったのだろう。

「颯、これを止めさせて。殭屍たちが漢人を襲うのをやめさせて」

「公孫槐以外は誰も殭屍を止めさせることなどできない。殭屍が大人しくなるのは、血で腹が満たされた時だけだ」

木蘭は、殭屍と兵士たちが戦う周囲を見回した。劉覇もいぜん、公孫槐に苦戦している。そして木蘭のところにも一体の殭屍が現れた。彼女は、この行き場のない怒りを拳に託して、殭屍の顔面にぶつけると、そのまま蹴りを喰らわす。そして、倒れそうになったところを、颯の帯びている銀の剣を抜いて、殭屍の頭をなんとか斬り落とした。

「戦わないのなら必要ないでしょう？　借りるわ」

木蘭は一睨みすると、殭屍の群に突っ込んで行く。これ以上、颯と話してはいたくなかった。理不尽な現状が、彼を変えてしまった事実はまだ受け入れられない。

「木蘭！」

彼女は走る力を借りて飛ぶと、殭屍の首を落下際に斬り落とした。首を落とすコツを摑んだようだ。

——我、死しても天に背かず。

「死んだって間違ったことはしたくない」

姉の遺した言葉はいつもその胸に刻まれて、木蘭の脳裏を離れない。自分が生き残るために他人を犠牲にはできない。両手を広げて迫り来る殭屍を、木蘭は通り過ぎざまに斬り、次に来た殭屍の胸を銀剣で突いた。

「木蘭！」

劉覇が木蘭に気づいて走って来た。

「無事か」

「匈奴は公孫槐と取り引きして、自国からの撤退を条件に助けることにしたようです」

「くそ！」

「どうしますか」

「兵のほとんどは皇帝陛下を守るのに割いている。俺たちは自分たちでここをなんとかしなければならない」

木蘭は蒼白になってあたりを見回した。

まだ五十体ほどの殭屍がいて、援護であつまった兵士を含めてもこちらは三十人だ。

「一人、一体以上を殺せばいい計算だ。不可能ではないよ」

劉覇は楽観的に言ってみせ、笑みを作った。

木蘭は劉覇の向こうにいる颯を見た。突っ立っているだけで、傍観を決め込んでいる。

「お使いください」

木蘭は自分の銀の短剣を劉覇に渡す。二本も剣を使いこなすだけの力は木蘭にはないが、劉覇は可能だろう。自分が持っているよりいい。

「ありがとう、木蘭。借りる」

そう言った瞬間、劉覇の目が鋭くなった。かと思うと、鞘を木蘭の手に残したまま剣を投げ、殭屍の心臓に当てた。そしてすぐさま、それを引き抜き首を切断する。

「行くぞ、木蘭」

「はい」

木蘭は笑顔で答えた。

隠れてろなどともう言わなくなった劉覇が好きだった。

彼は木蘭とその剣術の腕前を信用してくれている。だから一緒に戦ってくれる。

「死ね！」

劉覇が殭屍の肩から左胸にかけて叩き斬れば、腰に帯びる佩玉が、ぶつかり合って軽やかな音がした。

　木蘭もそれを見ると、剣を持ち直して応戦する。

「これ以上、計画を邪魔させはしないわ」

　目の前に立ちはだかったのは王女藍淋。取り出したのは赤い房の付いた環首刀。柄頭に環のある刀で実戦向きだ。木蘭も銀剣を構えた。

「かかって来て」

　それと同時に長い剣を上手に使って藍淋が挑む。ぶつかりあった剣は押し合った。さすが、遊牧の民、匈奴の王女だ。誇るのは容姿だけではなく、剣の腕前も相当なものだ。

「あなたに恨みはないけれど、死んでもらうわ、黎木蘭」

「死ぬつもりはない。お願い。子細を話して。力になれるかもしれないわ」

「ふん。漢が今まで我が国を騙し、侵略しようとしたこと以外でなにかしてくれたことがあって？　信用できない相手と手を組みはしないわ」

　木蘭は両手で柄を握った。

「それでも殭屍と手を組むよりずっといいわ」

　藍淋は馬鹿にしたように鼻で笑った。

「これは逆に我が国にいい機会だったのよ。漢を滅ぼすことができるかもしれないのだからね」

愚かなと木蘭は思った。主要な人物が皆、殭屍に変えられてしまった匈奴では、颯や藍淋など若者が決断しなければならなかったのかもしれない。木蘭は彼女を嫌っていたのも忘れて斬りたくないと思った。

だから、思い切り剣をぶつけて隙を作ると、彼女の腹に蹴りを入れる。

案の定、王女は地面に叩きつけられ、痛みにもがいた。

「そこで大人しくしていることね」

木蘭は彼女を斜めに見下ろした。

――風？

その時、髪が舞い上がったかと思うと、弓隊を倒した公孫槐が高閣から飛び降りてくるところだった。雪面に華麗に着地した男に、木蘭は剣を向けた。

「やあ、木蘭。剣を握る姿がよく似合う」

彼は獲物を見つけた猛禽類の眼で木蘭を捉えると、ゆっくりと近づいてくる。

「木蘭！」

劉覇がそれに気づいたが、間に合うまい。

公孫槐は恐ろしい速さで木蘭の肩を捕らえると大きく口を開けた。

「あぶない！　木蘭！」

劉覇の声だけが響いた。

6

目を閉じた木蘭は、嚙まれるのを覚悟した。

しかし、いつまで経っても痛みを喉に感じない。そっと瞼を開ければ、必死の形相の幼なじみがいた。その手に持つのは漢兵が使う銀の矛。それが公孫槐の背中に刺さっていた。

「木蘭には関わらないという約束ではなかったか」

「そんな約束したかな？　木蘭は秋菊の妹だからね。関わらないわけにはいかないのだよ」

公孫槐の標的はにわかに木蘭から颯に移った。

「裏切れば相当な報いを得るのは知っているな」

公孫槐は落ちていた剣を拾うと、その刃についた血を舐める。颯が不愉快を隠さず言った。

「そもそも僕は、お前の仲間なのではない。木蘭に関わらないというささいな約束を守らないのなら、どうして殭屍を匈奴から撤退させるという大きな約束を守るんだ」

公孫槐は颯の言葉に笑った。

「やっと気づいたのか。よほどの馬鹿かと思ったぞ」

「なっ！」

「わが望みはこの漢帝国に加え、匈奴、大宛を越え、故国、安息を手にし、我が永劫の一族で世界を満たすことだ。どうしてその先駆けたる匈奴を手放すというのか」

颯がぎゅっと矛を握った。

「騙したな」

「騙される方が悪い。普通、考えれば容易に分かるものだ。匈奴人はよい兵士で、匈奴の女の血はなかなか美味いが、愚かだ」

「この野郎！」

颯は侮辱に矛を思い切り振り上げた。

鋭く光った切っ先。

木蘭は息を呑んだ。

矛はすばやく振り下ろされる。

後ろに退いた公孫槐。

しかし、木蘭のために駆けつけた劉覇が後ろから長剣を公孫槐の背に差し込んだ。

一瞬、ぐらついた殭屍の祖だったが、すぐに反撃に出る。それを木蘭の許婚と幼なじみが、二人がかりで倒しにかかる。劉覇が颯に戦いながら怒鳴った。

「王子颯！　木蘭につきまとうな！」

「彼女には求婚した。まだ返事をもらっていないんでね。当然、まだまだつきまとうさ」

「彼女は俺の許婚だ」

颯と劉覇は共に公孫槐に対して戦っているが、相容れない間柄だった。

「木蘭はこの皇宮にいるより、匈奴の草原の方が安全であるし、自由な気質は彼女に合っている。お前こそ、好きならなおさら手を放せ」

「なにも分かっていないんだな。木蘭はここが好きなんだ」

木蘭をめぐる口げんかの応酬をしているが、武器はしっかりと息を合わせて動かしているのが、すごい。劉覇と颯の武術は微妙に違うのさえ、気にならないほどだ。それは二人ともかなりの遣い手である証拠だった。

木蘭はその後、二体の殭屍を倒したが、体力が限界だった。疲れ知らずの不死身の殭屍に対して、木蘭は息を吸うのさえ苦しい。

かと言って、公孫槐を相手にしている男二人に助けを求めることもできない。

味方の兵士たちは倒れ、あるいは殭屍となって逆に自分たちに向かって来ていた。

劉覇と颯もだんだんと公孫槐に攻められ、三人は自然、殭屍たちが囲む円の中に追い込まれた。

「こうなったら、できることは一つだけだ」

劉覇が颯に言った。

「木蘭を逃がそう」

木蘭は劉覇の提案に慌てた。

「そんな、わたしも一緒に最後までいます」

「君だけは助からないと」

颯が矛を構えながら、劉覇に同意した。

「嫌よ」

「木蘭、お願いだ。生きてくれ。それだけが俺の、そしてこいつの願いなのだよ」

劉覇の懇願するような声は、木蘭の胸に響いたけれど、彼女は到底受け入れることができなかった。最後まで一緒に戦うつもりでここにいる。今更、一人逃げることなどできない。

「劉覇さま……」

しかし、劉覇は颯と目配せした。

二人は一気に攻め込み、逃げ道を木蘭のために作った。彼女は背を押されるままに走らざるを得なかった。振り返ることなどとてもできない。

「黎木蘭」

しかし、行く手を阻む者が一人――。

しつこい男、公孫槐。異常なまでの執着心を見せる。

「秋菊の代わりにそなたを連れて行く」

「断るわ」

「力ずくで連れて行く」

木蘭は後ろにも前にも進めなくなった。

「木蘭、逃げろ！」

必死な劉覇の声が聞こえるが、その姿は群がる殭屍によって遮られた。木蘭の額に汗の粒が噴く。

――もうだめだわ。

木蘭は拳を握ったまま、だらりと腕を下ろした。潔く諦め、目を瞑り最期の時を待つしかない。

しかしその時、規則正しい靴の音が響いた。瞳を開ければ兵士たちだ。中には騎兵もおり、銀の矢や矛を構えている。そして天子の乗り物のみに許された鳥の形をした鈴の厳かな音色がこちらに近づいて来るのを聞けば、木蘭の顔にぱっと希望が浮かんだ。

「皇帝陛下！」

兵士達に守られている輿(こし)は皇帝のものに間違いない。見れば、羌音がその横にいる。皇帝を説得し、劉覇を助けに来てもらったに違いなかった。木蘭は叫んだ。

「陛下！」

皇帝は少し帷(とばり)をめくり顔を出すと言った。

「全滅せよ」

矢が容赦なく飛び、木蘭は慌てて座り込んで、倒れている死にかけの殭屍の体を摑(つか)んで盾とした。劉覇と颯は剣と矛で降り注ぐ矢を払い、木蘭のところにまで来ると、彼女の腕を引いて立たせ、矢の嵐から逃げる。

「陛下は正気じゃないわ」

「正気も正気さ。あれが本来の陛下なのだ。息子もへったくれもなく敵を抹殺する」

残酷な人だと誰もが言うが、まだ息子がいるところに矢の雨を降らせる必要はないではないか。しかし、そのおかげですっかり殭屍は動けなくなって地面に倒れて必死に四肢を動かしている。劉覇は木蘭を連れて、皇帝の輿に近寄った。

「陛下」

劉覇が輿の前で拱手(きょうしゅ)すると、厳しい声で皇帝は言った。

「まだ気を許すな。公孫槐が残っておる」

「はい。父上」

木蘭は祈るように手を唇の前で合わせながら、一度に百も二百も放たれる矢をかわす公孫槐を見た。矢はすでにその体に数十本当たっているが、動きを鈍らせることはできても致命傷にはならない。

「殿下」

そこへ羌音が杯をもって来た。劉覇はそれを呷(あお)って唇を拭(ふ)く。赤く染まった手巾(しゅきん)にそれが血であったことに気づいた木蘭は、彼の手を摑んだ。

「まさか、まだ公孫槐と戦う気ではありませんよね？」

「俺が相手でなければ、誰もあいつを倒すことはできない」

「劉覇さま、だめです。行かないでください」

「木蘭……」

彼は戸惑いを顔に表し、瞳を揺らしたが、彼女の手を颯に預ける。

「木蘭を見張っていてくれ。いつも無茶をする」

「ああ」

劉覇は優しい微笑みを木蘭に向けたと思うと走り出した。

しかし、対する公孫槐は銀の矢で傷つき、片膝(かたひざ)をついて血を口から垂らしていた。

そして劉覇を見ると、苦々しそうにして血痰(けったん)を吐き捨てた。それでも立ち上がり、胸を張って顎を上げた。悪魔やらヴァンパイアやらを自称するだけあってふてぶてしく諦めが悪かった。そして賢く引く時を知っている。

「また会おうぞ、梁王よ」

彼は、それだけ言うと飛んだ。顔を上げれば、高閣の屋根の上にいる。

「さらばだ」

彼はそして身軽に屋根から庭の向こうにある宮殿の屋根へと飛び移る。

「追え！　追え！」

劉覇が叫ぶと、騎兵と歩兵が殭屍の祖が消えた方角へ一気に向かった。劉覇自身も騎乗の人となろうとしたが、皇帝に止められた。

「兵士たちに任せよ、劉覇。お前が追ったとしてもどうせ逃げられる。あやつはあれぐらいの傷ではすぐに癒えてしまう」

「御意」

皇帝は、血管が浮き出た皺だらけの手で輿の柱を握りしめながら、感情の窺えない声で言った。劉覇はただ恐縮した態で頭を下げていた。

「木蘭」

しかし、声音が木蘭に向けられると、一変して優しいものになった。

「怪我はないか」

「ありません」

「すまぬ。そなたがいるとは知らなかったのだ。劉覇なら状況に対処できるからな」

「大丈夫です。わたしも対処できます。それより、陛下。助けてくださってありがとうございます。もうだめかと思ったんです。死ぬのを覚悟しました」

　皇帝の手が帷から伸びて来て、子ネコにでもするように木蘭の頭を撫でた。劉覇は礼がまだだったことにそれで気づいたようで、大慌てで跪いて礼を言ったが、息子には厳しい皇帝は、ちらりと見ただけで、木蘭に言った。

「寒い。殭屍は劉覇に任せて温かい醴を中で飲もう」

「はい。あの、でも、匈奴の使者はどうするのですか。和親を偽って我が国を陥れようとしていました。でもそれは匈奴が公孫槐に脅されたせいで――」

　皇帝が指でくいくいと武官を呼んだ。

「殺して、長安の城郭にでも吊しておけ」

　木蘭は慌てた。

「陛下、匈奴の使者は、わたしや劉覇さまを助けてくれました」

　木蘭は劉覇に目配せして助けを求める。彼は、遠慮がちに彼女を援護した。

「異国の使者は殺さないのが戦場であっても掟です。もし殺せば、匈奴は攻めて来ます。しかも王子颯は右賢王の息子。王族です。注意して取り扱わなければならないですし、まだ聞きたいことがたくさんあります」

「間者が先ほど馬邑から戻って来たから事情は聞いた。しばらく匈奴は混乱していよう。我が国を攻めるだけの余力があるとは思えぬが？」

　生涯ずっと国土拡大に努めてきた皇帝らしい強気な発言だ。

　劉覇が顔を上げた。

「しかし、尋ねなければならないことがあります」

「それはなにか」

「皇后暗殺の真相です」

　木蘭ははっとして、颯を見た。王女藍淋もその場に連れて来られた。彼女は両脇を武官に離されると座り込む。

　二人とも青ざめていたが、颯だけはなんとか二本の脚で立っていた。でも、焦りは隠しようもなかった。瞳は揺れ、唇は固く結ばれていた。木蘭は低い声で言った。

「颯……嘘でしょう？」

　彼は黙ったままだった。

　国母を殺すのは大罪だ。

　木蘭は公孫槐に言われても、否と友の口から言ってもらいたかった。そうしたら、どんなに証拠が揃っていようと、文身（いれずみ）があろうと友を信じることができるから。

「あなたではないと陛下に言って、お願い。お願いよ、颯」

颯の袖を引いたが、彼はなにも答えず、劉覇を見た。

「なんでも聞いて欲しい。協力しよう」

颯の声は覚悟が感じられた。

「ならば聞こう。皇后陛下を殺したのは、お前なのか。正直に答えて欲しい」

劉覇の問いに辺りが静まった。

7

颯の顔が青白いのは、皓い雪のせいだけではないだろう。

彼は皇帝の輿の前に立つと、匈奴の作法ではなく、彼が生まれ育った漢の礼である拱手をして頭を下げた。そしてゆっくりと皇帝へ目を離すことなく言う。

「皇后陛下を殺したのは僕で間違いありません」

木蘭は息を呑んだ。

そしてそんなはずはないと思った。

と、同時に犯人は「長身の男」という言葉を思い出す。颯の体つきは精悍で、後ろから回り込まれて首をひねられたら、ひとたまりもない。

だが、木蘭はすぐに自分のひらめきを全力で打ち消した。颯に限ってそんなことをするとは思えなかった。彼になんの理由があって皇后を暗殺したというのか。しかし――彼は続ける。

「皇后陛下は和親に反対でした。匈奴は殭屍で酷く混乱しており、祖父、単于はすでに殭屍となり、公孫槐のいいなりです。祖父を、父を、伯父を殭屍に変えられ、人質に取られれば、我が国は、漢を乗っ取ろうとしていた公孫槐に従うしかありませんでした。一刻も早く、公孫槐の命令通り、和親を成さなければならず、障害である皇后を除くことを決めたのです」

「やはり、お前が皇后陛下を殺したのか！」

劉覇が怒りで興奮して颯の衿を摑んだ。が、颯の方はすでに諦めているのか、抵抗することもない。

「国のためだ。仕方なかった。僕は国のためにしたが、公孫槐は皇后が玉璽を管理しているのが面白くなかった。皇帝にそれが戻されれば、簡単に再び操ることができると思っていたんだ。思惑通り、玉璽は先日皇帝に戻され、公孫槐の計画は実行されることになった」

それだけ冷めた声で言うと、劉覇の手を払った。彼を睨み、そして自分のつま先を見つめていたが、すぐに決意を含んだ瞳を上げた。

「あれは宴の夜のことです」

語り出した颯の瞳は遠くを見ていた。

『頼んだぞ』

『かしこまりました』

皇后付きの越女官は匈奴の間諜だった。その家族は公孫槐によって殺され、恐怖で言いなりだったのだ。皇帝の命を偽って彼女に皇后を連れ出すように命じた颯は、その足で庭に向かった。

「漢は女官を公主の位につけ、匈奴に嫁し和親を図るのが、二国の慣例です。僕は歩きながら、木蘭を公主にして、自分の妻にして欲しいと願おうかなどと考えていました。その方がよっぽど我が国の王女が梁王に嫁ぐより受け入れやすいのではと思ったのです」

しかし、残念ながら、颯は単于ではなく、単于は高齢でしかも殭屍だった。慣例通りに妻を漢から娶っても殺されてしまうのは目に見えている。今回は、どうしても匈奴の娘を漢に送らなければならなかったのだ。

颯は和親を強行するために皇后を殺す必要があった。それは、もちろんことを急ぐ公孫槐に命じられたからでもあった。

『いた』

あの夜、颯は石橋を渡って園亭の裏に向かう皇后と女官を追い、大股で近づいた。帯剣は宴の間は許されていなかったので、首を折るしかないと殺人方法もその歩みの中で考えた。

颯は、園亭に向かった。

「皇后を殺さなければ、国の大切な人がもう一人、二人と殺されることを恐怖に思い、罪悪感はありませんでした。とにかく、僕は殭屍の問題をなんとかしたかった」

彼はどう皇后に声を掛けようか悩んでいるうちに、不審に思った彼女の方が走り逃げた。彼はそれを追いかけながら、当初の計画通り、殺さなければならないと心に誓った。

「追えば追うほど、僕はそう思いました」

庭の森を駆け巡り、皇后にたどり着いた時、彼は皇后の衿を摑んだ。

「僕は言いました。『お恨み召されるなよ、皇后陛下』と。そして、首の骨を一思いに折ったのです。後悔はありません。僕にも僕の守らなければならない人がいたのです」

そして彼は宴に戻る途中の庭で木蘭を見つけた。

人を殺した悲しみとやるせない思いを癒やしてもらいたくて側に行ったが、結果的に後に木蘭が颯と庭で話していたと捜査していた武官に証言したので、捜査の目をかい潜ることができた。

「それは僕が狙ったことでも、木蘭が庇ったことでもないことだけは申し上げます」

おそらく、木蘭に迷惑をかけまいと思ってそう言ったのだろう。

「僕はすでに皇后陛下を殺した時から死を覚悟しています。手足をもぐでも、さらし首にするでも、好きなようにしてください」

彼は叩頭して、覚悟のほどと服従の意思を見せた。

輿の中はしばらく静かで、皆が皇帝の親裁を待ったが、老人から出た言葉は意外にも、

「監禁せよ」というものだった。

「かしこまりました」

劉覇はそう答え、将軍に颯を引き渡した。

木蘭は慌てて連れて行かれる颯を追いかける。

「嘘よね？　今のは嘘よね？」

「本当だよ、木蘭。すべて真実だ」

「じゃ、越女官は？　彼女を殺したのもあなた？」

木蘭が皇后付きの女官の名を言うと彼は頷いた。

「ああ、僕だよ、木蘭。君と別れた後、落ち合って口封じに殺して、犬に喰わせてか

ら井戸に投げ込んだ。彼女から僕が割り出されてしまうと困るから、たとえわずかでも時間稼ぎに井戸に捨てる必要があったんだ。どうして信じないんだ、木蘭は。本当に君はなにも変わらない。純真で人をすぐに信じてしまう。僕は心配でならないよ」

木蘭は大きく目を見開いて足を止めた。

「それは悪いこと？」

「いいや。いいことだ。木蘭、お願いだ。ずっとずっと今のままの君でいてくれ。僕のようにはなってはならない。君だけは永遠に変わらないでくれ」

彼はそう言うともう木蘭を瞳に映しはしなかった。まっすぐに挑むように劉覇を見て彼に縄をかけた兵士たちと行ってしまう。王女藍淋がその後ろをうろたえて泣きながらついて行く。

「颯！」

木蘭は彼の背に叫んだ。

颯は振り返ってもくれなかった。代わりに目を涙で腫らした王女が、恨めしそうな顔で言った。

「あなたのせいよ」

木蘭の胸が強く軋んだ。

「木蘭」

颯の後ろ姿から目を離さない彼女を劉覇が心配そうに呼んだ。赤い眼はいつのまにか黒くなり落ち着いたものになっている。

「劉覇さま」

木蘭は眉(まゆ)を八の字にして、泣きそうなのを堪(こら)えて彼の名を呼んだ。皇帝の輿はすでに出発し、もうそこにはない。

「颯は本当に良い子なんです。こんなことをするなんて信じられません。きっとなにかの間違いです」

劉覇の手が木蘭の腕を掴んで引き寄せた。

彼は胸で木蘭を抱きしめて、その背を撫(な)でた。その優しさに、幼なじみがこの国の国母を殺したという現実が真実味を帯び、ことの大きさが胸の中で広がると、彼女は劉覇の胸の中で震えた。

「木蘭、男には守らなければならないものがあるのだ。そのためなら、なんだってする。王子颯には、普通以上の責任があった。それだけのことだ」

「皇后陛下は苦しんだのでしょうか」

「一息に首を折られている。苦しまれてはおられないだろう」

木蘭は涙を流した。

そしてなぜか責任を感じた。

再会したあの長安の街で、もっとゆっくり颯と話をしていれば、なにか重要なことを聞けたかもしれないと思った。彼女の間違いがこの事態を招いたのではないだろうか。

「わたしには、もっとなにかできたはずでした」

「木蘭はよくやった」

「わたしはなにもしていません」

劉覇がにこりと微笑み、袖からなにかを取り出した。

「安息の銀貨……」

「なぜ、これが殺人現場にあったと思う？」

「さあ。颯が偶然落としたからですか」

「君の幼なじみはそんな間抜けではないよ。おそらく、公孫槐に脅されて皇后陛下を殺した王子颯は、この事件に殭屍が関わっていることに注意を促すためにわざと現場にこれを残して行ったと俺は思っている。越女官の獣の傷も同じ理由ではなかっただろうか」

木蘭は劉覇が彼女の手のひらに載せた銀貨を見下ろした。

「そうなのでしょうか」

「ああ。君はこれがなにかを突き止めて、皇宮内に隠されている殭屍たちを見つける手柄を立てた。匈奴から返還される捕虜を皇宮内に入れて、わずかに皇宮内に残っていた殭屍とともに宮殿を再び乗っ取ろうとしていた公孫槐の計画は途中で失敗したのだ。だから俺は『木蘭はよくやった』と言ったのだ」

木蘭は彼を見た。

「最善を尽くしたのだ。俺たちも王子颯も」

「劉覇さま……」

「木蘭はよくやったのだ」

でも、皇后は帰って来ない。

颯もどうなるか、皇帝の気分次第だ。

「王子颯は変わるなと言っていたけれど、俺はあえて言うよ。『強くなれ、木蘭』と。君はどんな障壁をも乗り越えられる」

「でも、わたし、もう前に進めそうにありません。短い間に、父と兄、姉を亡くして、さらに大切な幼なじみまで失ったら、とても平気ではいられません」

劉覇は優しく木蘭の肩を撫でる。

「今日、後退しても、明日(あした)、進めばいい。一年を振り返って、あるいは十年を振り返って、前に少しだけでも進んでいればいいんだ。一歩だけ強くなれば、困難などたわいもないものだよ」

「劉覇さま」

「木蘭にはこれしきなんともないさ。君は決して弱くない」

木蘭は彼を強く抱きしめた。

彼女は劉覇が好きだった。道を迷いそうになると、彼は正してくれる。そして、彼女が前に進むことの背を押してくれる。

「わたし、劉覇さまに謝らなければなりません」

「なにをだい？　木蘭」

「信じていなかったことです。和親と王女のことで捨てられてしまうと思って劉覇さまに腹を立てていたのです」

劉覇が苦笑する。

「いいんだ、木蘭。君はなにも悪くない。いいんだよ」

彼は懐から佩玉を取り出した。

「これは――」

それは木蘭が劉覇に贈り、王女藍淋が取り上げ、木蘭の目の前で捨てたはずの佩玉だ。驚いて玉に触れると、彼はわずかに恥ずかしそうに告白した。

「さきほど、羌音がもって来てくれた。王女に紐の色を変えられてしまったが、もとの青色に戻したんだ」

木蘭が笑う。

「ありがとうございます、またつけてくださって」

「当然だ。俺の宝物なのだからね」

劉覇の指が木蘭の乱れ毛を直し、木蘭を強く抱え込む。彼女も抱きしめ返した。

もし、匈奴と公孫槐の謀略にはまっていたら、二人は互いに好きでありながら引き裂かれていた。それを考えると、急に恐ろしくなったのだ。

「好きだ、木蘭」

「わたしもです」

木蘭は赤面したのを隠すために彼の胸に顔を押しつけたが、劉覇の手が木蘭の顎(あご)を上げた。心臓が胸から飛び出してしまいそうだった。

彼の甘い瞳(ひとみ)が木蘭を見つめ、吐息を耳元に落とす。唇が耳朶(じだ)に触れ、首筋にそって下降すれば、木蘭は抵抗を忘れてされるままになる。

「木蘭」

艶(つや)のある声で名を呼ばれ、彼女は深い息をした。彼の汗の匂いがかすかにして心を刺激する。

「劉覇さま……」

睫毛をもたげて木蘭は彼を見た。唇、顎、男の喉仏、そして再び視線を上げればすぐそこに劉覇の優しい瞳があった。見つめる眼差しが熱を帯び、木蘭の中から彼への想いがあふれ出して、木蘭は淑女の心構えとか、羞恥心などをすっかり忘れてしまう。

「劉覇さま……」

木蘭は、劉覇の顔を両手で包んだ。

そして真剣な眼差しで見、ぐっと彼の顔を引き寄せて唇を重ねる。思わぬ木蘭の行動に、劉覇は一瞬たじろいだが、すぐに彼女の腰を支えると、覆い被さるように接吻を返した。二人の唇は濡れながら、もつれ合い、体が熱を帯びた。

舌は絡まり、貪欲で執拗な接吻は抑制を忘れて恋に溺れる。

──ああ……。

息を漏らした木蘭たちは、ひとしきり思いの丈をぶつけ合うと、名残惜しそうにゆっくりと唇を離した。魅惑的な劉覇の視線は、木蘭を捉えて放さず、彼女もまた彼の胸から動こうとはしなかった。

はらりはらりと雪が凍てつく空から舞い降り、木蘭の頬を濡らしていた。彼女は手のひらを天に掲げ、劉覇と空を見上げる。音が雪に吸い込まれた静かな夜だった。

「冷えそうだな」

「ええ」

木蘭の肩に劉覇の上着が重なり、ぬくもりを忘れぬ劉覇の唇が木蘭の首筋にもう一度落とされた。

8

三ヶ月後――。

春風が若菜を撫で、草原の草が地平線までそよいで行く。名も知らぬ白い花が頭を揺らし、馬蹄（ばてい）が踏みしめる草の匂いが蒼（あお）かった。

木蘭は匈奴に帰る颯を見送りに劉覇とともに長安を離れ、田舎道を進んでいた。木蘭の右に劉覇、左に颯が駒（こま）を並べ、背後には王女藍淋の乗った馬車と警護の兵士たちがいる。

颯が木蘭の馬を指さして言った。

「ずいぶん、いい馬だな、木蘭」

「皇帝陛下の馬なの。匈奴の将軍から奪ったんですって」

「道理で見覚えがあるはずだ。コイツは『平野の勇者』って名前だった。五度の戦に出て無傷で五度とも戻って来た」

「今は金烏（きんう）って言う名前なの。わたしがこの子の優しい目が好きだと言ったら、陛下はお年で乗馬をされないから、面倒をみていいってお許しをいただいたのよ」

颯は微笑する。

「それはコイツにはいいことだ。木蘭を乗せて草原を駆けられたら、さぞやすばらしいことだろう。断然、巨漢の匈奴の将軍を乗せて屍（しかばね）の上を走り回るより詩的だ」

颯はこの三ヶ月で一番、落ち着いた顔をしていた。

皇帝は彼の処罰を独断せずに、重臣と諮り、長い論議の末、皇后暗殺を伏せ、匈奴の使者である颯と藍淋を帰国させることにした。

それは、匈奴との諍（いさか）いを恐れたからだった。

今、公孫槐のせいで匈奴が弱体化しているとはいえ、数年経って戦力を回復させたら、王族を刑死させた復讐（ふくしゅう）を大義に、匈奴が堂々と国境を侵してくるのは目に見えている。漢は皇后が亡くなり、皇帝は病気がち。国力は隠しようもなく弱まっている。劉覇が態勢を整えるまでは戦をしている場合ではない。

ならば、恩を売った方が得ではないかとの判断がなされたのだ。国益を考えた冷静な政治的な決定であり、悔しさは拭（ぬぐ）えないが、殭屍（キョンシー）という共通の敵に手を携えて戦うにはそれしかなかった。

土地の割譲、捕虜の返還、国境からの兵の撤退、隷属させている漢人の解放、朝貢、皇帝は引き出せるかぎりの条件を提示した。むろん、腹に一物ある皇帝のことだ。それでは終わらぬだろうが匈奴はそれを呑んだ。

「木蘭」

颯は首の後ろを掻きながら、言いづらそうに切り出した。

「梁王殿下がいるところでこんなことを言うのは、どうかと思うけど、俺と匈奴に来ないか。幸せにすることを誓うよ」

木蘭は瞠目し、颯を見て、劉覇を見た。颯は真剣な眼差しを向け、劉覇は穏やかな顔のまま木蘭を見返した。

木蘭は一拍の間を待った。

そして遮るもののない草原の風が彼女の髪を攫うと耳に挟み、明るい笑顔で颯を見た。

「いいわ、匈奴に行く」

「木蘭？　本当か?!」

「ただし乗馬でわたしに勝ったらね。あそこにある大きな樫の木が見える？　あそこまでどちらが速いか競争よ。あなたが勝てば、わたしはあなたの妻になるわ」

「本気か？」

「ええ」

木蘭は頷き、困惑している劉覇を見た。彼はなにも言わなかったけれど、彼女に手を伸ばしてその手を握り、自分の鞭を握らせた。なにを考えているのだろう？

明るい顔なのは颯だ。

「じゃ、本当に君は匈奴に来てくれるんだな」

「ええ。あなたが勝ったらね」

「僕が勝つに決まっている」

乗馬の腕前は颯の方が断然上だろう。しかし、木蘭の馬は皇帝の駿馬。重さも木蘭の方が少ない。勝つ自信はあった。劉覇が駒を前に進めた。

颯がきつく手綱を握る。

歯を食いしばった颯。構えた木蘭。劉覇の袖が上がる。

「三、二、一、行け！」

木蘭はその瞬間、鞭を馬の尻に入れた。

皇帝の馬は瞬発力を見せて地を蹴って、走り出す。颯の馬は大きく出遅れた。しかし、草原の民、匈奴の男だ。どんどんと後ろから馬蹄の音が近づいてくるのが木蘭には分かる。

「走って！」

木蘭はそう言って馬を励ます。

鞭を更に打ち、馬を進ませると、風が気持ちよかった。閉塞感のある皇宮での悶々とした気持ちが綺麗に吹き飛ばされて、残されたのは爽快感しかない。そうなると、勝負など馬鹿馬鹿しくなる。

だから、木蘭は手綱から手を離した。そして両手を天に掲げて目を瞑る。

「木蘭、正気か！」

颯が後ろからなにかを言っていたが、気にしなかった。

大地の鼓動と、匂い、瞼に当たる光の加減、五感のすべてが刺激され、木蘭の胸を打った。

「手綱をとれ！　木蘭！」

颯は必死だった。彼は、駒を並べると、木蘭を落とさないように細心の注意をして彼女の馬の手綱を「どう、どう」と言いながらたぐり寄せて止めた。

「木蘭、お前は馬鹿か！」

「冗談よ。分からないようにちょっと目を開けていたわ」

「いや、あれは開けてなかったね」

彼は下馬すると、木蘭に腹を立てながら手を貸した。

「ほっといて一人で樫の木に行けばいいのに」

「着いた時には花嫁が落馬で首の骨を折っていても？」

「笑える」

「笑えない」

二人は樫の木の前に立った。

木蘭は少しだけ申し訳なさそうな顔をした。

「わたしは長安に留まるわ」

「そう言うと思った。競争を言い出したのも、梁王のいないところで別れを言いたかったただけなんだろう？　梁王もそれを分かっていたから、なにも言わなかった。本気にした馬鹿は僕だけだ」

「競争は本気だったわ。でも途中でどうでもよくなってしまったの」

颯は苦笑する。

「梁王が好きなんだろう？」

「好き。どうしようもなく好き」

「なら競争なんてしなくてもよかったのに」

「ちょっと劉覇さまへの意地悪なの。だってあの人、隣であなたが口説いているのに何にもいわなかったから」

「ヤツは僕の首を絞めるべきだった」

「そう。そういうことよ、必要だったのは」

颯は弄んでいた小枝を捨て、急に生き生きとした目になった。

「待ってろ。木蘭。賭けに負けたからには、君の望みを叶えてやろう！」

彼は突然、剣を抜いた。

振り向けば、ゆっくりと駒を引きながら劉覇がこちらに近づいていた。颯は走って行って、剣を向ける。劉覇とて隙のない人だ。それをぎりぎりで止めた。

「なんなのだ。俺はお前の命を救うのに必死に皇帝陛下や重臣たちを説得したのだぞ」

「命の問題でも、国の問題でもない。これは木蘭の問題だ」

男同士は睨み合い、剣を押し合った。颯が言った。

「木蘭を不幸にしたら、僕が匈奴から兵を連れてお前の首を取りに来るからな！」

「……心配することはない。全力で守るよ。お前に言われなくても」

「誓え。天に。僕に――」

劉覇はその真剣な眼差しに驚いた顔をしたが、剣を押し返しながら言った。

「誓おう。天とお前に、木蘭を幸せにすると」

颯はにやりとすると、劉覇の鳩尾を蹴って後ろに倒した。非難がましく劉覇が腹を撫でながら見上げれば、颯は鼻を鳴らしてそっぽを向いた。

「それくらいいなんだ。こっちの心は失恋でずたずたなんだぞ」

颯はそう言いつつ、尻餅をついている劉覇に手を差し伸べる。

劉覇はそれを少し見つめてから、手を握って立つのを手伝ってもらった。颯の顔には吹っ切れた笑みがあった。困惑顔の劉覇の肩を抱いて抱擁する。

「木蘭を頼む」

「ああ。君の友情に感謝する」

二人は和解の握手をした。わだかまりを作らない颯の性格は爽やかでいい。劉覇もそんな彼の人柄が気に入ったようだった。そこに後ろから大きな怒鳴り声がした。

「なにをしてるのよ！　早く行くわよ！」

王女藍淋だ。

馬車の窓から身を乗り出して叫んでいる。牢獄ではずいぶんしおらしかったと聞くけれど、国に帰れるとなると、元の傲慢な性格に戻ってしまうらしい。劉覇がわずかに眉をよせ、颯が耳をほじった。

「梁王は、藍淋と結婚しなくて幸いだな。性格は最悪だし、気位が高い。匈奴でも『狂馬』っていうのがあだ名だ」

「……王女は美しい人だ。きっとよい夫が見つかると思う。俺では絶対にないが」

二人は友人同士の笑みを浮かべ、劉覇が言った。

「そろそろ俺たちは長安へ戻る。颯殿、どうか気をつけて。匈奴にはまだ殭屍がたくさんいるだろう」

「ああ。でもなんとかなるさ」

「殭屍対策で作った銀の矢や矛、戟(げき)などの武器を後から送ろう」

「ありがたい」

木蘭は握手の手を差し出した。

「またね、颯」

「またいつか会おう、木蘭」

十二歳の時も、たしかこんな気持ちで友を見送った。

永遠の別れなどではなく、ほんの少しの間、離れているだけのことだと言い聞かせ、友が愛する国に帰れることを喜んだ。

颯は馬の背に乗り、振り返らずに手を振った。

「さようなら！　さようなら、颯！」

木蘭はずっとその赤い袖を振っていた。

蒼(あお)い草原に衣が翻り、青い空の下に輝く。雲が、ぼんやりと浮かんでいるのを見れば、劉覇の腕が木蘭の肩に乗り、彼女は少し唇を尖(とが)らせて、疑問を口にする。

「なぜ劉覇さまは颯が匈奴に行こうと言った時、なにもおっしゃってくださらなかったのですか」

「信じているからだ。君を、君の想いを」

「劉覇さま……」

「君は俺のものだ」

彼は木蘭を掻き抱いた。長い抱擁の後、劉覇が絡めた手を繋ぎ、やさしい笑顔を向ける。彼のいるところが、自分の居場所だと木蘭は感じた。

「帰ろう、木蘭」

彼が指さす先に長安の街が小さく見え、皇宮の大きな屋根が太陽に光っていた。孤独と栄華が約束された皇宮。そしてその中にある後宮は、さらなる葛藤と欲が渦巻く箱庭――。

「帰りましょう、長安へ、皇宮へ」

劉覇は木蘭と相乗りし、馬蹄が小気味いい音を立てながら、緩やかな草原の丘陵を下り始めた。

9

「梁王覇は、品行方正、愛国心あり、孝心のある人物であり、殭屍撲滅に多大なる功績を残した。朕は、梁王覇を皇太子に任じ、次の皇帝に指名する」

皇帝の勅書が読まれたのは、朝議の席でだった。

木蘭はそれを、広間の袖で固唾を呑んで見守っていた。

「謹んでお受けいたします」

黒い官服に身を包んだ劉覇が、長い袖を翻して跪くと、美しい所作で拱手して、頭を下げた。

「期待しているぞ、劉覇」

江中常侍の手から、巻かれた勅書が劉覇の手に渡り、彼はそれを受け取ると、ゆっくりと立ち上がって、もう一度皇帝に頭を下げる。

重臣たちが「皇帝陛下、万歳、万歳、万々歳！」と唱えた。これで劉覇は次の——漢の八代皇帝に指名されたのだ。

木蘭は感動に胸を押さえながらそれを見つめていた。

——劉覇さま。おめでとうございます。

悲願を達成した劉覇の顔はいつもより緊張していたが、その立ち振る舞いは堂々としていた。木蘭は、散会して祝いの言葉を重臣たちから掛けられている劉覇を盗み見ていたが、誰かが彼女の背をトントンと叩く。

「久しいのう」

「東郭中書令さま！　朝議には出られるのですね？」

いつも天禄閣に籠もって書物に埋もれている人が朝議に出ているのはどうもしっくりこない。しかもちゃんと真新しい官服を着て、冠を被っている。こうして見れば重臣に見える。

「わしとて死にたくないからな。朝議にでなければ、職を失う。職を失えば、妻が肉を切る包丁を持って追いかけてくる。困ったものだ」

木蘭は笑った。東郭研は竹簡の束を一つ木蘭に差し出した。

「これをあの爺に渡してくれ」

「あの爺？　皇帝陛下ですか」

「珍しい詩が出てきたのだ。あやつが好きかもしれぬと思ってな」

木蘭は受け取ると満面の笑みを浮かべた。

「ご自分でお渡しして、仲直りすればいいのに」

「そんな年じゃないわい」

「いい詩ですか」

「そりゃ、もういい詩だ」

「では楽府令を呼ばないと。きっと陛下はお気に入りの楽師に曲をつけさせるんです。それで舞姫に踊らせるんです」

「わしにはどうでもいいことじゃな」

「披露するときには必ずお越しくださいね」

木蘭は、ぺこりと頭を下げると、輿に乗らずにもたもたわざと遅くして木蘭を待っている皇帝の方に走って行った。彼女は竹簡をもったいぶって掲げる。

「東郭中書令さまからの和解の贈り物です」

「あの死に損ないがのぉ」

「陛下が気に入りそうな詩なんですって」

皇帝は竹簡の紐を解くと、夢中で詩を読んだ。そして韻を強調して口ずさんでみたりする。木蘭は片足で二歩ずつ交互に飛びながら、皇帝の輿に付き添って、老人が即興で旋律をつけて歌うのに合わせて左右に体を揺らした。後ろを歩く伊良亜も楽しそうに一緒に頭を振りながらついてくる。いつも冗談を言わない江中常侍まで陽気な顔をしていた。

「木蘭はご機嫌じゃな」

皇帝が言う。

「それはもう。劉覇さまが立派に皇太子に決まりましたから」

「これで晴れて皇太子だ。木蘭が太子妃になるのもそう遠くない未来だ」

「はい」

「ほれ、噂をすればじゃ。追いかけて来たぞ」

皇帝が顎で指した方向を見ると、劉覇が皇帝の列に追いつこうと走って来るところだった。

「父上」

劉覇が止まった輿の中の人に声をかける。

「黎女官をお借りしてもいいでしょうか」

「持って行け。だが、すぐに返せ。木蘭とは六博を一緒にやる約束だからな」

「時間は取りません」

皇帝は出発の合図をし、輿は再び動き出した。

残ったのは木蘭と劉覇の二人。

宮殿のひさしの中に入ると、黒漆の柱の陰に二人は隠れるように立った。

「おめでとうございます、劉覇さま」

「ありがとう、木蘭」

彼は木蘭の両腕を摑んで微笑みを向けた。彼は片手を懐に入れると、なにかを摑んで拳を見せた。

「なんですか」

「贈り物だ」

ぱっと開いた手の中には、木蘭が見たこともないような深い碧の翡翠の指輪があった。こんな色の翡翠は見たことがない。かなり高価なものだ。

「母上の指輪だ。太子になったら結婚の約束に君に渡そうと思っていた。手を出して、木蘭」

「劉覇さま。わたし感動で泣いてしまいそうです」

「泣く日ではない。笑顔を見せてくれ」

木蘭は彼が指にそっと指輪を通すのを見ていた。彼は、嬉しそうな彼女に釣られて微笑んで、その手を握ったまま言った。

「匈奴から連絡があった。殭屍になった単于と左右賢王を殺し、王子颯が単于になった」

「颯が？　あの颯が？　陽気だけが取り柄のちゃらんぽらんな王子颯が？」

「他に誰がいるか？　彼ならやってのけるさ」

木蘭は信じられずに劉覇が冗談を言っているのではと、瞳を覗いたが、彼は瞬きもしなかった。真実だと知ると、颯が殭屍となった親族を殺して成り上がらずにはいられなかったことに心を痛め、彼の前途が多難なことを案じた。

「木蘭。陛下が仰せだったから、長くは引き止められない。だから、大急ぎでやる」

劉覇がなにを言っているのか分からない木蘭が、瞬きして彼を見上げると、唇が突然、落ちてきた。唇と唇がぶつかったという方が正しいかもしれない。あっという間に離された。

「劉覇さま?!」

木蘭は目を見開いたまま彼を見た。

「会議がある。この続きはまた今度にしよう」

彼は流し目をして、木蘭の頬を指先で撫でると、そのまま踵を返してしまう。

「劉覇さま！　ええ？　劉覇さま？」

木蘭が叫んだけれど、彼は悪戯な視線を残して、そのまま行ってしまった。木蘭は腰に手を当てて、それに腹を立てているように見せたが、内心は喜び一杯で、彼の姿が、門の向こうに消えてしまうと、手のひらを天に透かして翡翠の指輪に見惚れた。

「接吻かぁ」

指先で唇に触れ、彼の感触を思い出そうとした。

弾力があり、柔らかくもあり、優しさが込められていた。

木蘭は階段を一つ飛ばしに下りた。

そして誰もいない前庭でくるりと一周回って着地する。

日は穏やかで、東風はやさしい。皇宮の真ん中で木蘭は、「今度」とはいつだろうかと思った。それが今日ならいいのにと思って、全力で走り出す。皇帝に六博で勝って、休みを獲得しなければ！

「劉覇さま！」

黎木蘭は、門の敷居を軽やかに跳び越えた。

本書は書き下ろしです。

後宮の木蘭

皇后暗殺

朝田小夏

令和3年 2月25日 初版発行
令和6年 10月30日 4版発行

発行者●山下直久

発行●株式会社KADOKAWA
〒102-8177 東京都千代田区富士見2-13-3
電話 0570-002-301(ナビダイヤル)

角川文庫 22557

印刷所●株式会社KADOKAWA
製本所●株式会社KADOKAWA

表紙画●和田三造

ISBN 978-4-04-111061-4 C0193

角川文庫発刊に際して

角川源義

第二次世界大戦の敗北は、軍事力の敗北であった以上に、私たちの若い文化力の敗退であった。私たちの文化が戦争に対して如何に無力であり、単なるあだ花に過ぎなかったかを、私たちは身を以て体験し痛感した。西洋近代文化の摂取にとって、明治以後八十年の歳月は決して短かすぎたとは言えない。にもかかわらず、近代文化の伝統を確立し、自由な批判と柔軟な良識に富む文化層として自らを形成することに私たちは失敗して来た。そしてこれは、各層への文化の普及滲透を任務とする出版人の責任でもあった。

一九四五年以来、私たちは再び振出しに戻り、第一歩から踏み出すことを余儀なくされた。これは大きな不幸ではあるが、反面、これまでの混沌・未熟・歪曲の中にあった我が国の文化に秩序と確たる基礎を齎らすためには絶好の機会でもある。角川書店は、このような祖国の文化的危機にあたり、微力をも顧みず再建の礎石たるべき抱負と決意とをもって出発したが、ここに創立以来の念願を果すべく角川文庫を発刊する。これまで刊行されたあらゆる全集叢書文庫類の長所と短所とを検討し、古今東西の不朽の典籍を、良心的編集のもとに、廉価に、そして書架にふさわしい美本として、多くのひとびとに提供しようとする。しかし私たちは徒らに百科全書的な知識のジレッタントを作ることを目的とせず、あくまで祖国の文化に秩序と再建への道を示し、この文庫を角川書店の栄ある事業として、今後永久に継続発展せしめ、学芸と教養との殿堂として大成せんことを期したい。多くの読書子の愛情ある忠言と支持とによって、この希望と抱負とを完遂せしめられんことを願う。

一九四九年五月三日

天命の巫女は紫雲に輝く

彩蓮景国記

朝田小夏

巫女×王宮×ラブの中華ファンタジー！

新米巫女の貞彩蓮は、景国の祭祀を司る貞家の一人娘なのに霊力は未熟で、宮廷の華やかな儀式には参加させてもらえず、言いつけられるのは街で起きた霊的な事件の調査ばかり。その日も護衛の皇甫珪と宦官殺人事件を調べていると、美貌の第三公子・騎遼と出会う。なぜか騎遼に気に入られた彩蓮は、宮廷の後継者争いに巻き込まれていき……!? 第4回角川文庫キャラクター小説大賞〈優秀賞〉受賞の大本命中華ファンタジー！

角川文庫のキャラクター文芸

ISBN 978-4-04-107951-5

天命の巫女は翠花に捧ぐ

彩蓮景国記

朝田小夏

名家の令嬢は大忙し！ 大本命の中華ファンタジー

「彩蓮、ひさしいな。また一段と美しくなった」祭祀を司る貞家の一人娘・彩蓮の前に現れたのは、景国の新王・騎遼だった。大勢の民が都衛府の兵士に殺された事件を調べてもらいたいとのこと。投獄されていた婚約者の皇甫珪の弟・哲の出牢を条件に、しぶしぶ引き受ける。現場である妓楼を調べていると、料理人の絞殺体が発見された。好奇心旺盛の彩蓮が、一人前の巫官になるために奔走する、大本命の中華ファンタジー第３弾！

角川文庫のキャラクター文芸

ISBN 978-4-04-109277-4

水神様がお呼びです
あやかし異類婚姻譚

佐々木匙

神様と幼なじみとで、三角関係発生!?

美月(みづき)はお人好しの高校1年生。美形だがマイペースな1つ上の幼なじみ、天也(あまや)と平和な毎日を送っていた。だが突然、綺麗な石の雨が降り注ぎ、解読不能な手紙が届くなど、不可解な現象に襲われる。実はそれらは水神様からの求愛行為(プロポーズ)で、美月は花嫁として狙われてしまったのだ。天也や兄の公太(こうた)を頼りながら神様の求婚を断ろうと奮闘する中で、美月は天也への想いを自覚していく。でも彼には秘密が？ 優しく切ないラブファンタジー。

ISBN 978-4-04-110837-6

転生佳人伝
寵姫は二度皇帝と出会う

三川みり

大本命！　中華転生ファンタジー。

大帝国・尤。非業の死を遂げた建国の祖・陶淵紫の寵姫・劉昭儀は来世で彼に再び会うため神に命を捧げた——200年後。武人・白花珠は実は昭儀の生まれ変わり。冬至節の日、彼女は若き皇帝・陶紫英を目にし忘れ得ぬ淵紫と同じ紫紺の瞳に運命を感じる。しかし式典の最中、紫英が暗殺されそうになる！　花珠は必死に彼を護り、功績を買われ侍衛として仕えることに。だが紫英の周囲は不穏で……。ロマン溢れる中華転生ファンタジー！

角川文庫のキャラクター文芸

ISBN 978-4-04-110967-0